Dirk Ahner

Blue

Verschollen in der Lagune

DIRK AHNER

Blue

Verschollen in der Lagune

cbj

Sollte diese Publikation Links auf Webseiten Dritter enthalten, so übernehmen wir für deren Inhalte keine Haftung, da wir uns diese nicht zu eigen machen, sondern lediglich auf deren Stand zum Zeitpunkt der Erstveröffentlichung verweisen.

Dieses Buch ist auch als E-Book erhältlich.

MIX
Papier aus verantwortungsvollen Quellen
FSC® C014496
FSC
www.fsc.org

Verlagsgruppe Random House FSC® N001967

1. Auflage 2018

Neumarkter Str. 28, 81673 München

Umschlaggestaltung: Geviert, Grafik & Typografie
Umschlagillustration und Kapitelvignetten: Bente Schlick
aw • Herstellung: AnG
Satz: KompetenzCenter, Mönchengladbach
Druck: GGP Media GmbH, Pößneck
ISBN 978-3-570-17533-0
Printed in Germany

www.cbj-verlag.de

Inhalt

Verschollen

Der Sturm war heimtückisch. Er wartete ab, bis sie über dem Meer waren und ihre planmäßige Flughöhe erreicht hatten. Dann fiel er über die kleine Propellermaschine her, rüttelte an den Tragflächen, jagte sie mit Blitz und Donner durch die Wolken und spie ihr Hagel entgegen.

Juna klammerte sich an den Armlehnen fest. Sie war in einem stählernen Sarg gefangen, dem Geschick eines Piloten ausgeliefert, der ihre Sprache nicht verstand. Sie schloss die Augen und versuchte, an zu Hause zu denken, an ihr Zimmer mit den kleinen silbernen Sternen, die ihr Vater ihr an die Decke geklebt hatte. Sie sah das Gesicht ihrer Großmutter über sich. Ihre trüben alten Augen waren in Lachfältchen gebettet.

»Schreckliche Sachen passieren nun mal, Juna, ob wir das wollen oder nicht. Aber das Leben geht seinen Weg, und wenn du ganz genau hinschaust, wirst du sehen, dass manches Unglück bereits den Keim für etwas Gutes in sich trägt.«

Es fiel Juna schwer, den Worten ihrer Oma Glauben zu schenken. Ihr Flugzeug würde ins Meer stürzen. Was sollte daran bitteschön gut sein?

Sie blickte auf ihre Mutter, die ihr mit geschlossenen Augen gegenübersaß und voller Inbrunst ein Kinderlied sang, als wollte sie sich damit selbst beruhigen. Sven, ihr Freund, beugte sich nach vorne, soweit es sein Sicherheitsgurt zuließ, und brüllte etwas ins Cockpit. Der Pilot reagierte nicht; Juna sah nur seine Fingerknochen, die weiß hervortraten, als er mit aller Kraft am Steuerknüppel zog. Die Nervensäge Finn schwieg, wahrscheinlich zum ersten Mal, seit sie sich begegnet waren.

Regen peitschte gegen die kleinen Bullaugen-Fenster. Ein Donnerschlag warf die Maschine zur Seite. Juna hörte Schreie und presste ihre Hände auf die Ohren. Durch die Fenster im Cockpit konnte sie einen Felsen sehen, der aus den brodelnden Gewitterwolken hervortrat. Der Pilot streckte seinen Kopf nach hinten und brüllte etwas Unverständliches.

Juna spürte es in den Eingeweiden: Sie fielen. Durch die Cockpitscheibe sah sie das Meer auf sich zurasen. Ihre einzigen Gedanken waren:

Wir stürzen ab. Wir sterben.

Seltsamerweise hatte sie keine Furcht. Ihre Großmutter sah auf sie herab und streichelte sie tröstend, wie sie es immer getan hatte, wenn es Luna nicht gut ging.

»Du wirst sehen, meine Kleine. Es wird alles wieder gut«, sagte sie.

Das Flugzeug klatschte auf die Oberfläche des Meeres wie ein rohes Ei auf Beton. Glasscheiben barsten, der Rumpf riss der Länge nach auf, Gepäckstücke fielen durcheinander. Der metallische Geschmack von Blut machte sich in Junas Mund breit. Salziges Wasser drang in ihre Lunge ein.

Dann wurde es still.

Juna fragte sich, ob es sich wohl so anfühlte, wenn man starb. Sie glitt durch die Tiefen des Ozeans wie eine Meerjungfrau. Mit kräftigen Zügen strebte sie dem Licht der Sonne entgegen, doch wie schnell sie auch schwamm, es wurde immer dunkler und dunkler.

»Bitte nicht«, hörte sie sich rufen. »Geh nicht. Bleib hier!«

Die Sonne verschwand. Dunkelheit hüllte Juna ein. Sie ließ sich durch kühle Tiefen treiben und kämpfte nicht länger. Es war so still und friedlich hier, dass sie sich fragte, warum sie überhaupt jemals gekämpft hatte. Sie wollte sich einfach nur treiben lassen, schwerelos und frei.

Doch etwas packte sie und zerrte an ihr, schubste sie und kniff sie. Sie schüttelte sich, wütend. Sie wollte in Ruhe gelassen werden. Das Ding, was immer es auch war, ließ einfach nicht locker. Juna spürte einen Stoß in ihrem Rücken, und noch einen. Und wieder einen. Es tat weh.

Sie schlug um sich. »Verschwinde!«, wollte sie schreien. Aber ihre Lunge war voll Wasser, sie brachte nur ein Gurgeln hervor. Sie gab auf. Es war ihr egal, was mit ihr geschah. Sie wollte einfach nur die Augen schließen. Bald schon hüllte sie tiefer, traumloser Schlaf ein.

Juna wusste nicht, wie lange sie geschlafen hatte. Waren es Stunden, Tage oder gar Wochen gewesen?

Sie hörte das Rauschen des Meeres. Mühsam öffnete sie die Augen und sah die Sonne, die über den Rücken eines grauen Berges stieg. Nebel tanzte auf einem dichten Dschungel und floss leise zum Strand hin, wo er sich über der Brandung auflöste. Juna wunderte sich über diese seltsame, fremdartige Schönheit. Nie zuvor hatte sie dergleichen gesehen. Sie war der festen Überzeugung, dass sie träumte.

Sie öffnete und schloss ihre Hände und spürte feinen Sand zwischen ihren Fingern. Sie bewegte ihre Zehen hin und her, was ein wenig kitzelte. Dann wurde sie mutiger und hob den Arm, was mit einem stechenden Schmerz quittiert wurde. Nein, auch wenn ihre Sinne ihr Streiche spielen mochten, tot war sie gewiss nicht. Jedenfalls noch nicht.

Das Aufstehen war schwierig. Alles tat ihr weh, selbst das Denken. Juna hielt die Augen geschlossen, bis Schwindel und Schmerzen ein wenig nachgelassen hatten. Vorsichtig wagte sie ein paar Schritte. Ihr war, als ob sie ihre Füße zum ersten Mal bewegte, zum ersten Mal das Spiel der Muskeln und Knochen in ihrem Körper spürte.

Sie trug noch das gelbe T-Shirt, in dem sie zu dem Ausflug aufgebrochen war. Es war an der Schulter zerrissen. Einer ihrer Schuhe lag am Strand, der andere war verschwunden. Ihr langes dunkelrotes Haar klebte auf der Stirn. Sie wischte es zur Seite und sah sich um. Sie war auf einer Insel, wie es den Anschein hatte. Palmen säumten das sandige Ufer vor einem dichten grünen Dschungel. Im Zentrum erhob sich ein felsiger Berg, grau und an der Spitze abgeflacht, als hätte ein Riese seine Spitze abgeschlagen. Er erinnerte sie an einen abgebrochenen Zahn. Wellen rollten sanft am Strand aus, und das Wasser war so klar und blau wie der Himmel an einem Sommertag. Ein Paradies. Juna konnte der Schönheit nichts abgewinnen. Sie fühlte sich schrecklich allein. Wo war ihre Mutter? Wo war Sven? Im Augenblick vermisste sie sogar Finn, den Klugschwätzer.

»Mama! Sven! Finn! Wo seid ihr?«, rief sie.

Das Rauschen der Wellen und das Spiel des Windes in den Blättern blieben die einzige Antwort.

Juna ging am Strand entlang und versuchte, die schrecklichen Gedanken zu verdrängen, die sie plagten. Sie konnte nicht die Einzige sein, die den Absturz überlebt hatte. Ihrer Mutter ging es gut, ganz bestimmt sogar! Und den anderen ebenfalls. Der Pilot musste das Flugzeug irgendwie runtergebracht haben, sonst wäre sie wohl kaum hier.

Die Wellen spülten ein paar Kleidungsstücke an den Strand. Juna erkannte sie wieder: Es waren Sachen aus ihren Koffern. Auch ihr fehlender Schuh war dabei. Sie zog ihn an, sammelte die Kleidung auf und hielt Ausschau nach Fußspuren. Vielleicht lebten Menschen auf dieser Insel.

Während sie am Strand entlangging, hatte sie das Gefühl, dass sie jemand beobachtete. Eine Gestalt streckte ihren Kopf aus dem Meer und verfolgte heimlich jeden ihrer Schritte. Immer wenn Juna genauer hinsah, verschwand sie wieder. Sie war sich nicht sicher, ob ihre überreizten Sinne ihr nicht einen Streich spielten. Aber wer mochte sich hier draußen im Meer herumtreiben? Ungeheuer aus der Tiefe vielleicht, mit Reißzähnen und Tentakeln? Sirenen, jene unheimlichen Kreaturen aus der Welt der Sagen, die nur darauf warteten, mit ihren Gesängen einen armen Teufel ins Wasser zu locken? Meermenschen vielleicht? Juna schüttelte sich. Was für ein Unsinn!

Und doch war ihr unwohl bei dem Gedanken.

»Wer bist du? Zeig dich, du Feigling!«, rief sie.

Nichts rührte sich. Juna sah nur einen Schwarm bunter Fische, der zwischen Korallen nach Nahrung suchte. Sie kam sich plötzlich sehr dumm vor. Wenn sie hier draußen überleben wollte, dann durfte sie keine Angst haben vor kindischen Märchen. Sie musste die Nerven behalten.

Ihr Weg führte sie weiter am Strand entlang, bis ihre Beine schwach wurden. Die Sonne stand am höchsten Punkt und brannte so unbarmherzig, dass es besser war, im Schatten zu bleiben und sich auszuruhen. Juna setzte sich in den warmen Sand. Hunger und Durst quälten sie. Mit dem Hunger konnte sie fertigwerden. Der Durst war viel gefährlicher. Wenn sie bei dieser Hitze nicht bald etwas zu trinken fand, war es aus mit ihr. Es war eine grausame Ironie, dass sie umgeben war von Wasser, das so salzig war, dass es sie umbringen würde, wenn sie es trank.

Sie spürte einen Kloß im Hals, der langsam anschwoll. Tränen sammelten sich in ihren Augen, die sie zornig beiseitewischte. Sie wollte jetzt nicht weinen. Es gab immer einen Ausweg. Es musste einfach einen geben!

Im Gebüsch raschelte es, und als Juna schon glaubte, ein Raubtier würde über sie herfallen, sah sie etwas, das ihr Herz höherschlagen ließ: Ein Junge kämpfte sich durch das Dickicht zum Strand.

In bester Gesellschaft

Finn stand vor ihr, Finn der Dummschwätzer, Finn das Großmaul. Ausgerechnet Finn.

»Na, du Heulbaby? Hast du ordentlich die Hosen voll? Dann ist es ja gut, dass ich dich gefunden habe«, lachte er.

Juna kamen die Tränen. Sie konnte Finn nicht ausstehen, und doch war es das größte Glück, ihn hier zu sehen, lebendig und unversehrt. Er hatte seine Jeans nach oben gekrempelt und stand breitbeinig am Strand, die Hände auf einen Stock gestützt wie ein Soldat. Sein dunkelblaues Hemd hatte ein paar Knöpfe verloren. Das lockige Haar, um das sie ihn immer beneidet hatte, klebte in nassen Strähnen in seinem Gesicht. Selbst durch die dicken Brillengläser konnte man das spöttische Funkeln in seinen Augen sehen, das so typisch für ihn war. Sie fiel ihm um den Hals und schluchzte.

»Du lebst, Finn! Du lebst!«

»Klar, was dachtest du denn?«

Juna riss sich los und sah ihn forschend an. »Wo ist Mama? Wo ist Sven? Wo sind die anderen?«

Für einen Moment erstarb das Funkeln in Finns Augen und er wirkte wie ein ganz normaler, etwas ängstlicher 13-jähriger Junge.

»Ich habe überall gesucht. Niemand zu sehen, nirgends«, sagte er.

»Und das Flugzeug?«

Finn schüttelte den Kopf. »Der Pilot konnte uns irgendwie nach unten bringen, sonst hätte der Absturz uns in tausend Stücke gerissen. Bestimmt sind Papa und die anderen irgendwo in der Nähe.«

»Und hast du eine Ahnung, wo wir hier sind?«

Finn sah sich um. »Naja, auf einer Insel irgendwo im Indischen Ozean, würde ich sagen. Wir waren kaum eine Stunde in der Luft, als uns der Sturm erwischt hat. Also, was willst du zuerst hören, die gute Nachricht oder die schlechte?«

»Die schlechte«, sagte Juna, die ganz sicher nicht wollte, dass Finn sie für ein Heulbaby hielt.

»Okay, also ich habe die Insel erkundet. Sie ist ziemlich klein. Hier gibt es absolut nichts: keinen Strom, kein Internet, kein Telefon, keine Straßen, keine Lebensmittel, keine Spur von Menschen …«

»Schon gut, ich hab's verstanden. Und die gute Nachricht?«

»Ich weiß, wo wir Trinkwasser finden«, sagte Finn stolz.

Sofort spürte Juna wieder ihren brennenden Durst. »Ist es weit von hier?«

»Auf dieser Insel ist nichts weit, kleine Schwester«, sagte Finn.

Juna schenkte ihm einen bösen Blick. Sie konnte es nicht leiden, wenn er sie »kleine Schwester« nannte.

»Zeig's mir!«, bat sie.

»Komm mit.«

Finn packte seinen Stock und marschierte ein Stück ins Landesinnere. Dichter grüner Urwald umgab sie. Überall summte, krabbelte und kreuchte es. Juna wollte lieber nicht daran denken, welche Kreaturen sich in dem Grün verbargen.

»Wir sind hier mitten im Dschungel«, sagte Finn. »Am besten, du bleibst dicht bei mir. Ich war mal Pfadfinder. Ich weiß, was in so einer Situation zu tun ist.«

Juna tat ihm nicht den Gefallen, nachzufragen, aber das störte Finn nicht. Die Worte sprudelten einfach aus ihm heraus: »Als Erstes muss man immer Trinkwasser finden. Das habe ich zum Glück schon erledigt. Dann sollte man ein Lager bauen, in dem man vor Wind und Wetter geschützt ist. Anschließend muss man sich Nahrung beschaffen. Und ein Feuer machen. Das spendet Wärme und schützt vor wilden Tieren. Wenn es hier überhaupt welche gibt.«

Juna hielt inne. Da war ein leises Rauschen zu hören. »Was ist das für ein Geräusch?«

»Sieh selbst.« Mit einer großen Geste nahm Finn ein paar Blätter zur Seite und bedeutete Juna, weiter in den Dschungel zu gehen.

Juna musterte ihn skeptisch. Finn liebte es, böse

Scherze auf ihre Kosten zu machen. Seine ganze dumme Familie hatte einen seltsamen Sinn für Humor. Man durfte ihnen nicht trauen.

»Wenn du mich reinlegen willst, wirst du es bereuen«, warnte sie.

»Das ist kein Trick. Immer hereinspaziert!«

Juna schob sich an ihm vorbei ins Unterholz. Sie musste über weit auslaufendes Wurzelwerk klettern und sich durch Sträucher kämpfen, die ihr blutige Striemen in die Haut rissen. Gerade als sie umkehren und Finn verfluchen wollte, tat sich vor ihr ein atemberaubender Ausblick auf: Ein Felsen erhob sich aus dem Grün des Dschungels, bewachsen mit Moos und exotischen Pflanzen. Weit oben aus seiner Spitze entsprang ein Wasserfall, der sich in eine grün leuchtende Lagune ergoss. Einen Steinwurf entfernt davon war das Meer. Nur ein schmaler, sandiger Uferstreifen grenzte es von der Lagune ab. An manchen Stellen war das Ufer so flach, dass Salz- und Süßwasser ineinanderflossen. Die Sonne spielte mit ihren schönsten Farben darin, mal leuchtend blau, mal grün, mal silbern funkelnd. Der Anblick war so schön, dass Juna für einen Moment ihre Sorgen vergaß.

Rasch ging sie zum Wasserfall und hielt ihre Hand darunter. Gierig schöpfte sie sich den Mund voll. Das Wasser schmeckte frisch wie aus einer Gebirgsquelle. Juna war fest davon überzeugt, niemals in ihrem Leben etwas Köstlicheres getrunken zu haben.

Finn beobachtete sie grinsend. »Na, was sagst du?«

»Nicht übel hier.«

Er sollte sich bloß nichts darauf einbilden.

Finn rammte seinen Stock in den Boden wie ein Eroberer, der ein Stück Land für sich beanspruchte, und deutete auf ein Plateau, das sich auf halber Höhe des Felsens befand. »Dort oben ist eine kleine Höhle. Da können wir unser Lager aufschlagen.«

»Von mir aus«, sagte Juna. Tatsächlich konnte sie sich keinen besseren Ort vorstellen.

Sie kletterten zu der Stelle, die Finn entdeckt hatte. Die Höhle war kaum größer als eine Gartenhütte, aber bot Schutz vor Wind und Regen. Das schmale Felsplateau, das sich davor befand, hielt einen prächtigen Blick auf die Lagune und das Meer bereit, was ein unschätzbarer Vorteil war, wenn man auf Hilfe wartete.

Finn verteilte sofort Aufgaben. Juna sollte die Höhle von Dreck und Unrat befreien und sie mit trockenen Ästen ausfegen, damit sie sich ihr Nachtlager bereiten konnten. Er selbst wollte Feuerholz sammeln und nach etwas Essbarem Ausschau halten.

»Ach ja? Und warum fegst du nicht und ich hole das Holz, du Neandertaler? Spiel dich bloß nicht so auf«, sagte Juna.

Finn lachte nur und ließ sie einfach stehen, was sie noch mehr zur Weißglut trieb. Sie nahm sich vor, es diesem aufgeblasenen Großmaul zu zeigen.

Die Höhle zu säubern, war eine schweißtreibende Arbeit. Juna schleppte Steine, befreite den Boden von Laub und Erde und entfernte Spinnweben von den Felswänden. Mit knurrendem Magen kletterte sie ans Ufer der Lagune und sammelte Reisig, das sie mit trockenem Gras zu einem passablen Besen zusammenbinden konnte. Dann fegte sie den Boden, bis er sauber genug war, dass sie darauf schlafen konnten.

Zufrieden blickte sie in die Ferne. Das Meer sah von hier oben so still und friedlich aus. Aber war da nicht ein Schatten, der in den blauen Tiefen des Meeres verschwand? Dieses Mal war sie sich sicher, dass ihre Augen ihr keinen Streich gespielt hatten: Da war etwas, das sie verfolgte. Ein seltsames Wesen mit breitem Maul und blitzenden schwarzen Augen.

»Wer bist du?«, rief sie, und ihr Herz schlug heftig in der Brust. »Komm raus und zeig dich! Ich habe keine Angst vor dir!«

Niemand zeigte sich. Die Meeresoberfläche war wieder klar und blau. Dann sah sie Finn am Strand und Juna wusste, dass sie in Schwierigkeiten waren.

Das Meeresungeheuer

Finn winkte aufgeregt und rief etwas, das Juna kaum verstehen konnte. Sie ließ alles stehen und liegen und rannte ihm entgegen.

»Ich habe etwas gefunden«, schrie er. »Komm schnell.«

Sie kämpften sich durch das Unterholz zum Strand. Wieder riss sich Juna an den Ästen blutige Kratzer in die Haut. Sie spürte es nicht einmal.

Finn war schnell wie der Wind und deutete auf etwas, das die Wellen an den Strand gespült hatten. Ein Stück der Tragfläche. Juna konnte sich noch gut an die roten Streifen erinnern, die sich über die ganze Länge der kleinen Propellermaschine gezogen hatten. Sie waren deutlich zu erkennen.

Finn hatte sich immer wieder eingeredet, dass der Absturz glimpflich verlaufen war und alle Passagiere überlebt hatten. Das Wrackteil sprach eine andere Sprache. Er ging in die Knie und musste sich mit den Händen stützen, um nicht in den feuchten Sand zu fallen. Juna konnte ihn leise schluchzen hören. Er war plötzlich gar nicht mehr so stark und großmäulig. Sie wollte ihm tröstend die Hand auf die Schulter legen und traute sich nicht.

»Das hat nichts zu bedeuten«, sagte sie leise.

»Sie sind tot ...«, gab er zurück.

»Dann müssten wir wohl auch tot sein, Finn. Schließlich waren wir auch in der Maschine. Mama und Sven leben noch. Ganz sicher sogar. Bestimmt suchen sie schon nach uns.«

Finn sah sie mit einem kalten Blick an, der Juna erschrecken ließ. »Wir hätten niemals mitkommen dürfen auf diese bescheuerte Reise! Aber deine Mutter wollte es ja unbedingt. Und mein Papa tut immer alles, was deine Mutter sagt.«

»Was soll denn das schon wieder heißen?«

»Gemeinsamer Urlaub, so ein Schwachsinn! Wären wir zu Hause geblieben, dann wäre das nie passiert.«

Jetzt wurde auch Juna wütend. »Nur damit du's weißt, Finn: Ich hatte genauso wenig Lust auf diese Reise wie du. Urlaub mit deinem Vater und dir? Lieber geh ich zum Zahnarzt!«

Finn biss sich auf die Lippen, fegte sich die Tränen aus dem Gesicht und sprang auf. »Es wird langsam dunkel. Wir sollten zurück zum Lager.«

Er schnappte sich ein Bündel Holz, das er gesammelt hatte, und ging wortlos zur Lagune. Juna blickte hinaus aufs Meer. Die Sonne versank darin in leuchtenden Farben. Doch Juna war viel zu wütend, um der Schönheit etwas abzugewinnen. Sie folgte Finn in gehörigem Abstand. Seine Worte wollten ihr nicht aus dem Kopf gehen. Tatsächlich hatte sich ihre Mutter den gemeinsamen

Urlaub gewünscht. »Damit wir uns alle ein bisschen besser kennenlernen können«, hatte sie gesagt. »Und wer weiß, vielleicht wirst du Finn ja richtig mögen, wenn du etwas mehr Zeit mit ihm verbracht hast. Er ist ein netter Junge.«

Juna hatte energisch den Kopf geschüttelt: »Finn ist ein widerlicher Besserwisser und Dummschwätzer, genau wie sein Vater! Genau wie alle in seiner Familie.«

Wie recht sie damit gehabt hatte!

Und jetzt war sie dazu verdammt, mit diesem Dummschwätzer auf einer kleinen Insel zu leben, bis man sie fand, was vielleicht niemals geschehen würde. Der Gedanke legte sich bleischwer auf ihre Schultern.

In dieser Nacht fanden sie kein Essen mehr und es gelang ihnen auch nicht, Feuer zu machen. Juna lag auf einem Bett aus Blättern und konnte kein Auge zutun. Sie hatte schrecklichen Hunger und sie fror. Immerzu musste sie an ihre Mutter denken. Wenn Finn nun recht hatte und sie die Einzigen waren, die den Absturz überlebt hatten? Ihr Blick wanderte zum Himmel, der bedeckt war und keinerlei Hoffnung spendete.

Nach kurzem, unruhigem Schlaf wurde sie von einem leisen Hämmern geweckt. Sie streckte ihren Kopf aus der Höhle und sah das Licht der Morgensonne auf dem Meer glänzen. Unten am Ufer, dort wo sich die Lagune mit dem Meer vermählte, baute Finn eine seltsame Konstruktion ins flache Wasser. Er schlug Stöcke in den

Sand und flocht Äste hinein. Er baute einen Käfig, der nur eine schmale Öffnung hatte, die zudem nach innen enger wurde. Fische konnten gut hineinschwimmen, kamen aber nur sehr schwer wieder raus.

Juna kletterte nach unten. »Wozu soll das gut sein?«, fragte sie.

»Eine Reuse«, sagte Finn. »Eine Falle für Fische und Krabben. Sie schwimmen hier rein, aber kommen nicht mehr raus. So fangen wir sie.«

»Und das soll funktionieren?«

»Klar, jedenfalls solange wir kein Netz oder eine Angel haben … aber wenn du eine bessere Idee hast, bitte sehr.«

Er war immer noch wütend auf sie. Juna war zu hungrig, um sich darüber zu ärgern.

»Was ist da oben? Kann man das vielleicht essen?« Sie deutete auf grüne Kugeln, die in den Wipfeln einer Palme hingen.

Finns Augen leuchteten. »Warte mal. Das könnten doch … na klar, ich glaube, das sind Kokosnüsse!«

Er schnappte sich einen langen Stock und kletterte am Stamm der Palme hoch.

»Vorsicht, Finn«, sagte Juna. »Du brichst dir noch den Hals.«

Er schnaubte. »So ein bisschen Kletterei ist doch kein Problem.«

Er schlug einige der grünen Kugeln herunter. Mit

einem dumpfen Geräusch landeten sie vor Junas Füßen im Sand. Juna hob eine auf und betrachtete sie. Die Kokosnuss war so groß wie ihr Kopf und erstaunlich schwer. Wenn sie sie schüttelte, konnte sie ein Plätschern hören.

»Sie ist voll mit Kokosmilch. Jetzt müssen wir sie nur noch aufbekommen«, sagte sie.

Das war schwieriger als gedacht. Mit vereinten Kräften gelang es ihnen, die Kokosnüsse mit einem schweren Felsbrocken zu zertrümmern. Der Saft ging verloren, aber das weiche, faserige Kokosfleisch blieb. Gierig fielen sie darüber her.

»Sieh mal!«, rief Finn mit vollem Mund und deutete auf seine Reuse. Dort hatte sich tatsächlich ein kleiner Fisch verfangen. Er war zwischen Ästen hineingeschwommen und fand nun nicht mehr heraus. »Auch unser Abendessen ist gesichert!«

Das hob Junas Laune so sehr, dass sie ihren dummen Streit glatt vergaß. Finn schien es ähnlich zu ergehen. Sie liefen am Strand entlang, suchten weitere Kokosnüsse und schleppten sie zu ihrer Höhle. Als die Sonne am höchsten Punkt stand, verkündete Finn, dass nun der perfekte Zeitpunkt gekommen war, ein Feuer zu schüren und ihren ersten selbst gefangenen Fisch zu grillen. Er benutzte seine Brille wie ein Brennglas und lenkte den gebündelten Sonnenstrahl auf einen Ballen trockener Grashalme. Er qualmte und entflammte schließlich.

»Es funktioniert!«, rief Juna begeistert.

Finn fütterte die Flammen mit Holz und bald schon prasselte ein kleines Lagerfeuer auf dem Plateau vor ihrer Höhle. Juna musste sich eingestehen, dass Finn zwar ein Großmaul sein mochte, er aber tatsächlich etwas auf dem Kasten hatte.

Sie schichteten ein paar Steine neben dem Feuer auf und steckten Stöcke hinein.

»Ich könnte jetzt ein ordentliches Stück Fisch vertragen«, sagte Finn.

Juna musste grinsen. »Mit Gemüse und Salzkartoffeln?«

Er grinste zurück. »Kommt sofort!«

Er sprang auf, um den Fisch aus dem Wasser zu holen. Kurz darauf konnte Juna ihn vom Ufer der Lagune fluchen hören: »So ein verdammter Mist. Irgendjemand hat unsere Reuse zerstört!«

Rasch kletterte Juna zum Ufer und überzeugte sich selbst. Der Käfig aus Stöcken war regelrecht zerrissen worden. Juna blickte aufs Meer und konnte wieder das große Ding erkennen, das sie seit Tagen verfolgte. Es schoss durchs Wasser wie ein Pfeil und hielt dabei einen Fisch in seinem Maul. Ihren Fisch!

Finn sah es ebenfalls. »Das Mistvieh hat unseren Fisch geklaut. Na warte!«

Er schnappte sich seinen Stock, den er mithilfe eines scharfkantigen Steins in einen Speer verwandelte, und warf ihn mit aller Kraft ins Wasser. Er verfehlte das Wesen nur knapp.

»Finn, sei vorsichtig!«, rief Juna. »Das Ding ist klug. Es verfolgt mich, seit wir hier sind. Vielleicht ist es gefährlich. Bestimmt sogar.«

Finn lachte. »Machst du dir jetzt etwa Sorgen um mich, kleine Schwester?«

Juna wurde rot. »Hör endlich auf, mich so zu nennen! Ich bin nicht deine kleine Schwester, und ich werde es auch niemals sein, nur damit du's weißt.«

Finn hörte nicht auf sie. Er sprang ins Wasser und holte sich seinen Speer zurück. Er wollte das seltsame Wesen unbedingt erlegen. Es kreiste bedrohlich unter der Wasseroberfläche.

Juna war wütend und ängstlich zugleich. Nicht auszudenken, wenn Finn etwas geschah!

»Hör auf mit dem Blödsinn. Du wirst dich noch umbringen. Dann bin ich hier ganz allein«, rief sie.

»Ich dachte, du kannst mich nicht leiden.«

»Kann ich auch nicht. Los, komm zurück.«

»Das Biest frisst uns sämtlichen Fisch weg. Ich werde es erledigen!«

»Finn – das ist kein gewöhnliches Tier.«

»Was ist es denn dann?«

»Ein Ungeheuer!«, platzte es aus ihr heraus.

Finn riss die Augen auf. Dann lachte er so laut und schallend, dass er fast keine Luft mehr bekam. Juna ärgerte sich über sich selbst. Sie wusste, wie lächerlich das klang.

»Ja, lach du nur!«, rief sie. »Du wirst schon sehen ... Finn!«

Der Schatten rauschte von hinten an Finn heran und stupste ihn ins Meer. Finn tauchte unter und ruderte orientierungslos mit den Armen, bis sein Kopf keuchend und hustend wieder zum Vorschein kam. Er hatte ordentlich Wasser geschluckt. Sein Schreck wich rasch der Wut.

»Na warte, du Mistvieh, jetzt krieg ich dich«, grollte er.

Er packte seinen Speer und schleuderte ihn mit aller Kraft ins Meer. Die Spitze traf das Biest in die Seite. Es zog eine blutige Spur hinter sich her, bis es mit schmerzerfüllten Schreien im flachen Wasser liegen blieb. Als Juna sah, was Finn da erlegt hatte, wurde ihr das Herz schwer.

Blue

Finn ließ einen Triumphschrei los, der bis weit über die Insel zu hören war. »Da hast du dein Ungeheuer, du Heulbaby. Geh lieber nicht näher heran, sonst frisst es dich noch auf.«

Juna rannte zu der Bestie, die plötzlich gar keine mehr war, sondern ein junger Delfin. Er war kaum größer als sie selbst und von der Schwanzflosse bis zur Nasenspitze in einem schimmernden Graublau, sah man von einem kleinen weißen Fleck zwischen seinen Augen ab. Seine lange Schnauze öffnete sich zu einem kläglichen Schrei. Obwohl sein Maul aussah, als ob es immerzu lächelte, wusste Juna, dass er Qualen litt; Finns Speer hatte eine klaffende Wunde an der Rückenflosse hinterlassen. Dunkelrotes Blut sickerte daraus hervor und verteilte sich im Wasser. Was sollte sie jetzt tun? Wie konnte sie ihm helfen? Juna fühlte sich schrecklich hilflos. Sie berührte ihn an der Seite. Seine Haut war fest und glatt wie Samt.

»Das kommt davon, wenn man unseren Fisch wegfrisst«, rief Finn. Juna hörte das schlechte Gewissen in seiner Stimme. Der Anblick des verletzten Delfins ließ auch ihn nicht kalt.

Das Tier sah Juna mit kleinen, dunklen Augen an.

Juna erkannte keinerlei Vorwurf darin. Nur Angst. Und so etwas wie Traurigkeit. Hatte er sie verfolgt, weil er einsam war?

»Du bist noch klein, nicht wahr? Wo ist deine Familie?«, fragte sie.

Der Delfin zuckte unter ihrer Berührung.

»Es tut mir leid, dass wir dir wehgetan haben. Finn hat es bestimmt nicht so gemeint.«

»Und ob ich das habe«, brummte Finn. »Er hat unsere Reuse zerstört und unser Abendbrot geklaut.«

»Ich glaube, er ist ganz allein. Leben Delfine nicht in Gruppen? Wo sind seine Eltern, seine Brüder und Schwestern?«

»Woher soll ich das wissen? Ist mir auch egal. Ich habe Hunger, und wenn wir ihn töten, haben wir genug Fleisch für die nächsten Tage.«

Junas Ohren wurden heiß vor Zorn. »Wie kannst du nur so herzlos sein, Finn? Sieh ihn dir doch nur mal an! Er ist noch ein Kind.«

»Wir essen ständig Kinder, wusstest du das nicht? Das Schnitzel auf deinem Teller ist von einem Schweinekind, der Kalbsbraten von einem Kuhkind, das Hühnerbrustfilet von einem jungen Huhn …«

»Und wenn schon«, sagte Juna. Sie hasste es, wenn sie Finn recht geben musste. »Das ist was anderes.«

»Ist es nicht, und das weißt du auch.« Finn verschränkte die Arme vor der Brust. »Mir tut er auch leid.

Wirklich. Aber irgendetwas essen müssen wir. Sonst werden wir hier draußen nicht lange überleben.«

Seine Worte ergaben Sinn, das musste Juna zugeben. Den kleinen Delfin zu töten, konnte ihr eigenes Leben um viele Tage verlängern. Doch da war eine Stimme in ihr, die ihr sagte, dass es falsch war. Dass dieser Delfin etwas Besonderes war. Dass ihr Schicksal sie nicht zufällig zusammengebracht hatte.

»Ich erlaube es nicht«, beschloss sie.

Finn wurde wütend und packte seinen Speer. »Als ob ich dich nach deiner Erlaubnis fragen würde, Heulbaby. Los, zur Seite. Ein gezielter Stich ins Herz und die Sache ist beendet.«

»Verschwinde«, schrie sie. »Nimm deinen blöden Speer und hau ab, oder du bekommst es mit mir zu tun!«

Finn zögerte. Er war es nicht gewohnt, dass man ihm widersprach. Juna fürchtete, er würde sie ganz einfach zur Seite stoßen und den jungen Delfin aufspießen. Doch das wagte er nicht. Er spuckte vor ihr ins Wasser und ging.

Juna blieb zurück und streichelte die samtige, feste Haut des kleinen Delfins. »Finn hat Angst, so wie du und ich auch. Sei ihm nicht böse.«

Der kleine Delfin quiekte leise.

Juna untersuchte die Wunde an der Rückenflosse. Sie blutete nicht mehr. »Ich wünschte, ich könnte dir helfen. Aber wir sind hier gestrandet, weißt du. Ich habe nichts bei mir, um deine Wunde zu versorgen. Und zu essen habe ich auch nichts. Nur ein paar Kokosnüsse. Aber die stehen bestimmt nicht auf deinem Speiseplan, oder?«

Der kleine Delfin vollführte eine Rolle und zeigte ihr seinen Bauch, der fast weiß war. Er ließ einen Klicklaut hören. Sie musste lächeln.

»Was hältst du davon, wenn ich dich ›Blue‹ nenne? Das bedeutet ›Blau‹. Du bist nämlich fast blau. Ein ganz besonders schönes Blau, finde ich. Silber-grau-metallisch-blau.«

Fast glaubte sie, so etwas wie Belustigung in den kleinen, dunklen Delfinaugen zu erkennen.

»Also dann – schön, dich kennenzulernen, Blue. Sind wir jetzt Freunde?« Sie nahm seine vordere Flosse und schüttelte sie sanft. Blue schien Gefallen daran zu finden. Er wippte unruhig hin und her.

»Freust du dich?« Juna lachte. »Ja, ich mich auch. Es ist gut, hier draußen nicht allein zu sein.«

Sie begleitete ihn ins tiefe Wasser und bemerkte, dass er nur langsam von der Stelle kam. Er hatte Schwierigkeiten, sich gerade zu halten. Die Wunde an seiner Rückenflosse lähmte ihn. Das gab Juna zu denken.

»So wirst du sicher keine Beute machen«, sagte sie nachdenklich. »Hey, ich habe eine Idee. Lass uns eine Abmachung treffen: Wenn wir einen Fisch fangen, geben wir dir was davon ab. Wenn du einen fängst, dann gibst du uns was ab. So haben wir alle was davon. Na, was denkst du?«

Blue schwamm um sie herum und berührte sie, als ob er mit ihr spielen wollte. Juna streckte ihre Hand nach ihm aus und wurde vollgespritzt.

»Na warte, das zahle ich dir heim«, lachte sie und spritzte zurück.

Sie zog Blues Gesellschaft der vom miesepetrigen Finn vor. Sie blieb bei ihm, bis das Abendrot auf den Wellen glitzerte. Dann hieß es, Abschied nehmen.

»Mach's gut, Blue. Wir sehen uns morgen, ja?«

Sie watete durch das warme Wasser zurück an den Strand. Blue pfiff ihr traurig nach. Er wollte nicht allein bleiben. Juna spielte mit dem Gedanken, am Strand ihr eigenes Lager zu errichten, wo sie in seiner Nähe bleiben konnte.

»Soll Finn doch bleiben, wo der Pfeffer wächst!«, dachte sie.

Doch der Hunger war stärker als ihr Zorn. Egal, was Finn sagte, sie wollte ihren Anteil an den Kokosnüssen haben.

Es wurde rasch dunkel über der Insel. Juna kletterte an der Felswand empor und malte sich aus, wie sie Finn die Meinung sagen würde, wenn er es auch nur wagte, eine dumme Bemerkung zu machen. Sie erreichte das Felsplateau und sah das gemütliche Feuer, das vor ihrer

Höhle prasselte. Finn saß daneben und machte ein Gesicht, als ob er eine Kröte verschluckt hätte. Er suchte nach Worten.

»Juna ... es tut mir leid, was ich vorhin getan habe. Das war ziemlich bescheuert.«

Juna war so überrascht, dass ihr der Mund offen blieb. Dass Finn sich für etwas entschuldigte, war noch nie vorgekommen.

»Ja, total bescheuert«, murrte sie.

»Wenn wir nicht zusammenhalten, werden wir es nie bis nach Hause schaffen. Lass uns nicht mehr streiten, ja?«

Sie war sehr froh über seine Worte und beschloss, es dabei bewenden zu lassen. Sie setzte sich neben ihn ans Feuer. An diesem Abend sprachen sie nicht mehr viel. Gemeinsam rösteten sie etwas Kokosfleisch über den Flammen und blickten hinaus aufs Meer. Das Rauschen ihres Wasserfalls vermischte sich mit dem sanften Donnern der Brandung.

»Es ist so schön hier. Wenn Mama das nur sehen könnte«, dachte Juna. Leise schlich die Traurigkeit in ihr Herz.

Als die ersten Sterne zwischen den Wolken hervorkrochen, legte sie sich auf ihr Bett aus Blättern und fiel in einen tiefen, traumlosen Schlaf.

Die weite Welt

Am nächsten Morgen schmiedete Finn Pläne. »Wir müssen uns einen Überblick verschaffen und die Gegend erkunden. Das geht am besten vom höchsten Punkt.«

»Du meinst den Felsenberg in der Mitte der Insel, der aussieht wie ein kaputter Zahn?«

Finn nickte. »Wenn alles glattgeht, erreichen wir seine Spitze zur Mittagszeit, bevor die große Hitze anfängt. Aber zuerst sollten wir die Reuse wiederaufbauen. Vielleicht fangen wir ja etwas, während wir unterwegs sind.«

Juna nickte, und so war es beschlossen.

Gemeinsam rammten sie Pflöcke in den sandigen Meeresboden und flochten Äste hinein. Die neue Fischfalle war größer und besser als die alte, das musste selbst Finn zugeben. Er stand im Wasser und betrachtete ihr Werk zufrieden.

»Jetzt müssen wir nur noch etwas fangen. Und wenn dein Delfin-Freund wieder alles wegfrisst, mach ich Fischstäbchen aus ihm.«

»Wird er nicht. Wir haben ein Abkommen«, sagte Juna.

Finn lachte spöttisch. »Ein Abkommen mit einem Fisch? Na klar.«

»Delfine sind keine Fische, sondern Säugetiere. Sie

atmen mit Lungen und bringen Kinder zur Welt. Genau wie wir Menschen! Außerdem ist er ganz allein und hat niemanden außer uns.«

»Schon gut, beruhige dich, Schlaumeier. Ich werde deinem neuen Freund schon nichts tun.«

Juna blickte hinaus aufs Meer und suchte nach einem Zeichen von Blue. Den ganzen Morgen hatte er sich nicht blicken lassen. Mit seiner Verletzung war er sicher leichte Beute für Haie und andere Raubfische.

»Hoffentlich geht es dir gut«, sagte sie sorgenvoll.

Die Sonne stand bereits hoch über den Wipfeln der Bäume. »Wir sollten besser los, bevor die Hitze mörderisch wird«, sagte Finn.

Sie hatten kein Gefäß, um Wasser mitzunehmen, also tranken sie auf Vorrat und banden sich ein Stück Stoff um die Stirn, um sich vor der Glut der Sonne zu schützen.

Der Weg zum Felsenberg führte durchs Landesinnere. Meter um Meter kämpften sie sich durch dichtes Gestrüpp. Juna sah allerhand fremdartige Insekten und Getier, das sich im Unterholz verkroch. Sie hatte keine Zeit, sich zu ekeln, sie war zu sehr damit beschäftigt, gegen die drückende Hitze und den Hunger anzukämpfen. Die Kokosnüsse füllten ihre Mägen kaum, und die beschwerlichen Tage hatten Spuren hinterlassen. Finn schien es ähnlich zu ergehen. Immer wieder hob er die Hand und bat um eine kurze Pause.

Mitten im Wald sahen sie die Ausläufer des kaputten

Zahns. Die Hälfte des Weges war geschafft. Zu Junas Erleichterung ging der restliche Aufstieg viel einfacher als gedacht. Sie konnten im Schatten bleiben und fanden Pfade, auf denen sie nur selten klettern oder gefährliche Steigungen überwinden mussten.

Und dann waren sie oben auf dem Felsenberg und hatten die große, weite Welt unter sich. Staunend sah Juna sich um. Ihre Insel war ein grüner Fleck im endlosen Ozean. Wenn man genau hinsah, konnte man erkennen, dass im Meer viele Farben miteinander wetteiferten: glitzerndes Weiß, dort wo die Sonne auf den Wellen spielte, Grün und Gelb an den seichten Stellen, Tupfer aus Violett, Braun und Rot in den Korallenriffen. Der Himmel darüber schien so endlos und weit, dass sich Juna sehr klein vorkam.

Gemeinsam sondierten sie die Umgebung. Vom Festland oder einem Schiff war nichts zu sehen. Die Insel lag weitab von jeglicher Zivilisation.

Finn setzte sich an den Rand des Felsens und wischte sich eine Träne von der Wange. Als er Junas erschrockenen Blick bemerkte, wandte er sich ab.

»Ich habe mir gerade vorgestellt, dass Papa irgendwo da draußen ist«, sagte er leise. »Vielleicht schaut er auch gerade in den Himmel und fragt sich, wo wir sind.«

Juna spürte einen Stich in ihrem Herzen. Die Welt, die eben noch so farbenfroh und lebendig gewesen war, schien ihr plötzlich kalt und leer. Schönheit war eben nur dann wirklich schön, wenn man sie auch mit dem Herzen sehen konnte. Und ihr Herz fühlte sich in diesem Augenblick leer an.

Sie bemerkte etwas in der Ferne. »Finn! Sieh mal!«

Finn sprang auf. »Hast du was entdeckt?«

»Ich bin mir nicht sicher. Vielleicht täusche ich mich. Da hinten, schau es dir an.«

Sie deutete nach Süden. Wenn man sehr genau hinsah, konnte man dort, wo Himmel und Erde sich berührten, ein rhythmisches Blinken erkennen.

Finn kniff die Augen zusammen. »Da ist ein Licht, so viel ist sicher. Und es blinkt immer im selben Rhythmus. Wie ein Warnlicht. Das kann kein Zufall sein. Dort ist bestimmt Land. Und Menschen. Juna, du bist die Größte!«

Er umarmte sie stürmisch. Seine Freude war so ansteckend, dass Juna lachen musste.

»Aber es ist doch weit weg, oder?«

Finns Laune trübte sich ein wenig. »Glaube schon, ja. Im Ferienlager bin ich mal zu einer Insel geschwommen. Ich dachte, sie sei ganz nah. Aber ich habe fast eine halbe Stunde gebraucht. So viel ist klar: Wir werden ein Boot brauchen, um dorthin zu kommen.«

Juna wollte einwerfen, dass es hier weit und breit kein Boot gab. Sie besann sich aber, schließlich wollte sie das winzige Pflänzchen der Hoffnung nicht gleich wieder zertreten.

»Wenn dort Menschen sind, dann können sie uns vielleicht auch sehen, wenn wir uns bemerkbar machen.«

Finn strahlte. »Nicht übel, Heulbaby. Wenn wir heute Nacht ein großes Feuer machen, dann sehen sie uns garantiert.«

»Schnell, wir gehen zurück zum Strand und bereiten alles vor«, sagte Juna.

Von dem Hoffnungsschimmer beflügelt, wurde der Abstieg zum Kinderspiel. Auf dem Weg sprachen sie darüber, was sie tun würden, wenn sie endlich wieder zu Hause waren. Juna träumte von einem riesengroßen Eis mit Sahne und ihrem weichen Federbett. Finn wollte als Erstes eine Party feiern und alle Freunde dazu einladen, um ihnen die verrückte Geschichte ihrer Rettung zu erzählen. Einig waren sich beide darüber, dass sie so viel essen würden, bis ihre Bäuche kugelrund waren.

Verschwitzt und müde kehrten sie zu ihrer Lagune zurück. Finn sprang direkt hinein und stellte sich mitsamt seiner Kleidung unter den Wasserfall.

»Das ist herrlich. Komm schon, du Frosch!«

Juna ließ sich nicht lange bitten. Sie machte einen Kopfsprung ins kühle Nass. Schon als sie klein war, konnte sie schwimmen und tauchen wie ein Fisch. Die Tiefe machte ihr keine Angst; sie liebte die Schwerelosigkeit und Stille unter Wasser. Staunend beobachtete Finn, wie elegant sie durch die Lagune tauchte und ihn nassspritzte.

»Wo hast du so gut schwimmen gelernt?«, fragte er.

»Keine Ahnung. Mama sagt, sie musste es mir nicht mal richtig beibringen. Ich bin eines Tages ins Wasser gefallen und losgeschwommen«, sagte Juna.

Nach ihrem Bad legten sich die beiden auf den warmen Felsen neben der Lagune in die Sonne. Finn schloss die Augen und genoss die Stille. Juna hatte Bauchweh vor Hunger.

»Weißt du noch, wie wir uns kennengelernt haben?«, fragte Finn.

Das wusste Juna allerdings nur allzu gut. Kaum drei Monate war es her, und sie konnte noch immer das nervöse Gesicht ihrer Mutter vor sich sehen. Wie eine Verrückte hatte sie die Wohnung geputzt, gekocht und dekoriert. »Wir bekommen heute Gäste«, hatte sie gesagt. »Ganz besondere Gäste!«

Juna hatte von Anfang an ein komisches Gefühl gehabt, was diese besonderen Gäste betraf. Und zu Recht, wie sich zeigen sollte. Schließlich stand Sven vor der Tür, der sich als neuer Freund ihrer Mutter vorstellte. An seiner Seite war sein 13-jähriger Sohn Finn. Sven war ein großer Mann mit grauen Haaren, einem breiten Mund und einem noch breiteren Lachen. Finn dagegen wirkte schmächtig und schien sich am liebsten hinter seinen dicken Brillengläsern zu verstecken. Vom ersten Augenblick an hatte er Juna gezeigt, dass er sie nicht ausstehen konnte. Er hatte kaum ein Wort gesprochen und sie stattdessen mit abschätzigen Blicken taxiert. Daraufhin hatte Juna ihrerseits beschlossen, ihn mit Missachtung zu strafen. Und seinen nervtötenden Vater ebenfalls.

»Was ist denn so toll an diesem Sven?«, hatte sie ihre Mutter nach dem Essen gefragt, als die beiden endlich wieder gegangen waren. »Warum können wir nicht einfach wieder mit Papa zusammenziehen?«

Da hatte ihre Mutter angefangen zu weinen, und Juna wurde klar, dass die Trennung ihrer Eltern wohl endgültig war.

In den Wochen darauf waren Sven und Finn immer wieder zu Besuch gekommen, doch Junas Beziehung zu Finn hatte sich nicht verbessert, im Gegenteil. Irgendwann hatte er sich als herablassender Besserwisser entpuppt, der Juna wie ein Kleinkind behandelte. Er war fast zwei Jahre älter als sie und ein As in der Schule. Das hatte er sie spüren lassen, bei jeder sich bietenden Gelegenheit.

Als Junas Mutter dann auch noch verkündete, dass sie einen gemeinsamen Urlaub planten, hatte Juna geschrien vor Wut.

»Jetzt soll ich also auch noch meine Ferien mit diesem Ekel verbringen? Niemals! Eher sterbe ich!«, hatte sie gebrüllt, die Tür geknallt und sich in ihrem Zimmer verbarrikadiert.

Vier Wochen waren seitdem vergangen. Eine andere

Zeit. Ein anderes Leben. Jetzt, da Juna Finn ein wenig besser kannte, schämte sie sich fast. Sie hatte ihn verurteilt, ohne je herauszufinden, wer er wirklich war.

»Du bist gar nicht so übel«, sagte Finn in diesem Augenblick. »Jedenfalls für so ein Heulbaby.«

»Du auch nicht«, gab Juna zurück. »Wenn man dir deine Besserwisserei nachsieht, kannst du sogar ganz in Ordnung sein.«

»Also darf ich dich jetzt ›kleine Schwester‹ nennen?«

»Nur wenn ich dich Idiot nennen darf«, gab Juna spitz zurück.

Finn grinste.

Juna hörte ein leises Pfeifen vom Meeresufer. Ihr Herz hüpfte vor Freude. Das musste Blue sein.

Sofort lief sie zum Strand und sah den kleinen Delfin im Wasser. Er streckte vorwitzig seine Schnauze hervor und gab Klicklaute von sich.

»Wo warst du den ganzen Tag? Ich hab mir schon Sorgen um dich gemacht.« Sie wollte Blue streicheln. Er schwamm dicht an die Reuse heran, als ob er ihr etwas zeigen wollte. Da waren drei Fische! Sie suchten einen Weg aus ihrem Gefängnis, fanden aber keinen.

»Wir haben etwas gefangen!«, rief Juna und klatschte in die Hände. Im selben Augenblick biss sie sich auf die Zunge. Es war besser, wenn Finn vorerst nichts davon erfuhr. Schließlich hatte sie Blue ein Versprechen gegeben. Die Wunde an seiner Rückenflosse verheilte langsam, lähmte ihn aber noch immer. Er konnte nicht richtig jagen und brauchte ihre Hilfe. Sie streichelte liebevoll über seine Schnauze.

»Du hast Hunger, ja? Stell dir vor, ich auch. Aber zuerst bist du dran. Wir haben schließlich eine Abmachung.«

Juna sah hinüber zur Lagune. Finn hatte die Augen noch immer geschlossen und entspannte sich in der Sonne. Er würde sicher protestieren, wenn sie einen Teil ihres Fangs an Blue abgab.

»Aber was er nicht weiß, macht ihn nicht heiß«, dachte sie laut.

Kurzerhand schnappte sie sich seinen Speer, der neben der Reuse im Sand steckte, und versuchte, einen der Fische aufzuspießen. Das war viel schwieriger als gedacht. Die Fische spürten wohl, dass ihr Leben in Gefahr war, und sausten pfeilschnell um Junas Beine herum. Nach mehreren Fehlversuchen hatte sie Erfolg und spießte einen auf.

Der Anblick des hilflos zappelnden Fisches am Stock schmerzte Juna. »Es tut mir leid«, sagte sie. »Aber wir müssen etwas essen, verstehst du?«

Sie schloss die Augen und erschlug den Fisch. Dann nahm sie ihn in die Hand und ging zurück ins tiefere Wasser.

Blue war sofort zur Stelle, streckte seine Delfinschnauze aus dem Meer und gackerte erwartungsvoll.

»Ja, keine Sorge. Der ist für dich. Nur für dich.«

Sie warf ihm den Fisch zu. Blue verschlang ihn mit einem Happs und war sofort wieder zur Stelle. Er bettelte nach mehr und gab laute Klicklaute von sich.

»Psst, nicht so laut. Wenn Finn erfährt, dass ich dir etwas abgegeben habe, dann stecken wir beide in Schwierigkeiten. Aber die anderen beiden Fische sind für uns Menschenkinder. Oder willst du, dass wir verhungern?«

Blue dachte vor allem an seinen eigenen Magen. Er strich um Junas Beine herum wie eine hungrige Katze und ließ auch nicht locker, als sie an Land ging. Immer wieder hob er seinen Kopf aus dem Wasser, pfiff und quiekte.

»Komm bloß nicht auf die Idee, die neue Reuse zu zerstören. Sonst wird Finn dich braten, das kann ich dir versprechen«, sagte Juna.

Ob Blue sie nun verstehen konnte oder nicht, Juna beschloss, dass es klüger war, auf Nummer sicher zu gehen. Sie wollte ihre Beute an Land bringen. Mit viel Geduld gelang es ihr, die beiden übrigen Fische zu erlegen und zu ihrer Höhle zu schleppen. Ihr Fang war nicht besonders groß, aber immerhin ihre erste richtige Mahlzeit seit Tagen.

Finn strahlte bis über beide Ohren, als er die Fische sah. Er nahm sie aus – etwas, das er von seinem Onkel gelernt hatte, der ein passionierter Angler war – und steckte sie auf einen Stock. Bald schon hingen sie über dem Feuer und verbreiteten einen köstlichen Duft.

An diesem Abend wurden die beiden Kinder zum ersten Mal nach langer Zeit wieder satt. Ihr Plan, mit einem großen Feuer am Strand auf sich aufmerksam zu machen, konnte auch noch einen Tag warten. Müde und zufrieden krochen sie in ihr Lager.

»Wo war heute eigentlich dein verfressener Delfinfreund?«, fragte Finn.

»Ich habe ihn noch nicht gesehen«, log Juna.

»Gut so. Dann frisst er uns wenigstens keinen Fisch weg«, gähnte Finn und war im selben Augenblick eingeschlafen.

Finns Dämonen

In den folgenden Tagen bereiteten Juna und Finn alles für das große Signalfeuer vor. Der perfekte Platz war schnell gefunden: Ein breites Stück felsiger Küste in Strandnähe, das vor Ebbe und Flut geschützt war. Die Suche nach dem richtigen Holz war dagegen nicht so einfach. Feucht durfte es nicht sein, aber eben auch nicht zu trocken: »Sonst qualmt und stinkt es nur, brennt aber nicht richtig«, erklärte Finn. »So was lernst du als Pfadfinder.«

Nach einem Frühstück aus Quellwasser und Kokosfleisch machten sich die beiden auf, die Insel zu umrunden, nach Hilfe Ausschau zu halten und zugleich Holz und Treibgut zu sammeln. Die Ausbeute war mager; sie fanden kaum mehr als dürre Zweige. Finn zerrte Reisig und trockenes Buschwerk aus dem Dschungel hervor, das auch nicht viel besser war.

»Wir bräuchten eine Säge, damit wir Bäume fällen können. Oder zumindest ein Messer«, stöhnte er. »Sonst schaffen wir es nie, ein Feuer zu schüren, das groß genug ist.«

Mittags, als die Sonne ihren Zenit erreichte und die große Hitze kam, war an Ausflüge nicht mehr zu denken. Juna und Finn nutzten die Zeit, um im Schatten zu arbeiten und ihre Höhle wohnlicher zu machen. Sie bauten ein Vordach, eine Tür und eine einfache Konstruktion aus Bambusstangen, die ihnen als Lager diente. Gepolstert mit trockenem Moos war sie fast so bequem wie ein richtiges Bett. Es war ein herrlicher Luxus, nach den Nächten auf dem harten Steinboden wieder auf etwas Weichem liegen zu können.

Eine Woche verging. Wann immer Juna Zeit fand, ging sie runter zum Strand und spielte mit Blue. Sie wartete, bis Finn außer Reichweite war, und versorgte ihren kleinen Delfinfreund heimlich mit Fisch aus ihren Vorräten. Natürlich achtete sie sorgsam darauf, dass Finn nichts davon mitbekam. Doch das wurde mit jeder Fütterung schwieriger, denn Blues Hunger war unstillbar. Selbst große Fische verschlang er mit einem Happs und gierte quiekend nach mehr. Juna half ihm, so gut sie konnte. Mehr als ein oder zwei Fische konnte sie ihm nicht geben, sie wurden ja selbst kaum satt.

Mit jedem Tag wurde Blue kräftiger. Die Wunde an seiner Rückenflosse war so gut wie verheilt, er schwamm schneller als je zuvor. Er liebte es, mit Juna zu spielen. Und Juna liebte es, sich an ihm festzuhalten und gemeinsam mit ihm über die Wellen zu reiten, Wind und Wasser im Gesicht zu spüren.

Sie erzählte Blue von ihrer Welt und ihrer Familie. In solchen Augenblicken wurde der kleine Delfin ganz ruhig. Fast glaubte Juna, Traurigkeit in seinen dunklen Augen zu erkennen.

»Wo ist deine Familie, Blue? Wo sind deine Freunde? Hast du sie verloren?«

Blue schwamm ganz dicht an sie heran. Er wollte gestreichelt werden. Juna spürte, dass er Trost suchte.

»Ich weiß, wie sich das anfühlt«, sagte sie leise. »Zuerst ist mein Papa weggegangen. Und jetzt hab ich auch noch Mama verloren.«

Blue steckte seinen Kopf aus dem Wasser und berührte ihre Wange mit seiner Delfinschnauze. Ein glitschiger Schmatzer, der die Traurigkeit vertrieb und Juna zum Lachen brachte.

»Weißt du was? Wir suchen deine Familie. Sobald wir ein Boot haben. Was hältst du davon?«

Blue stieß einen Pfiff aus.

An Blues Seite konnte Juna lachen und glücklich sein. Wenn die Sonne sank und Hunger und Müdigkeit sie übermannten, nahm sie Abschied von ihm und ging zurück zu ihrer Höhle.

Eines Abends, als sie vom Strand zurückkam, machte Finn ein Gesicht, als ob er ein Pfund Schusternägel verschluckt hätte. Sie fürchtete, dass er sie dabei beobachtet hatte, wie sie Blue mit einem Fisch gefüttert hatte, und bereitete sich innerlich auf einen Streit vor.

»Was ist, hast du ein Gespenst gesehen?«, fragte sie.

Finn reagierte nicht. Juna erschrak, als sie in seine

Augen sah. Das Funkeln darin war erloschen. Es hatte der Hoffnungslosigkeit Platz gemacht.

»Wir werden es nie schaffen, von hier wegzukommen«, sagte er tonlos. »Wir sind seit über einer Woche hier und haben kein einziges Schiff gesehen, kein Flugzeug, nichts. Die suchen nicht nach uns.«

»Doch, das tun sie«, gab Juna zurück. Sie war fast erleichtert, dass es nicht um Blue ging. »Wenn Mama und Sven am Leben sind …«

»Und wenn sie es nicht sind?«, unterbrach Finn sie.

Juna wich zurück. »So was darfst du nicht sagen! Das darfst du nicht mal denken.«

»Tu doch nicht so. Du hast genau dieselben Gedanken wie ich. Was, wenn sie bei dem Absturz ums Leben gekommen sind? Wenn sie tot sind?«

»Finn, hör auf.« Tränen schossen ihr in die Augen.

»Wir werden hier draufgehen, Juna.«

Sie wollte ihn anschreien und mit Fäusten auf ihn eintrommeln. Die Dämonen der Angst, die lange in der Dunkelheit gelauert hatten, kletterten hervor und streckten ihre Klauen nach ihr aus. Sie wollten sie lähmen, ihr den Lebensmut und die Hoffnung rauben, so wie sie es bei Finn getan hatten.

»Nein!«, gab sie entschlossen zurück. »So schnell dürfen wir nicht aufgeben. Du hast es doch selbst gesagt: Der Ozean ist riesig. Hier gibt es endlos viele kleine Inseln, und viele davon sind auf keiner Karte verzeichnet. Wir müssen einfach Geduld haben. Wenn wir erst unser Signalfeuer haben …«

Finn schüttelte den Kopf. »Wir finden doch kaum genug Holz, um unseren Fisch zu grillen. Wie sollen wir da genug für ein riesiges Signalfeuer zusammenbekommen?«

»Dann fällen wir eben Bäume«, sagte Juna trotzig.

Finn ließ den Kopf sinken. »Ohne Werkzeug, ohne Hilfe? Wir sind nur zwei Kinder, Juna. Es ist sinnlos. Wir haben keine Chance.«

Alles, was Juna erwidern wollte, kam ihr hohl und dumm vor. Sie schwieg und ging wieder hinunter zum Strand. Sie wollte jetzt allein sein.

Kein Wind war zu spüren und das Meer lag ganz ruhig vor ihr, wie ein Spiegel, der von Mond und Sternen beschienen wurde. Sie setzte sich und bohrte ihre Füße in den feuchten Sand. Im Schutz der Dunkelheit krochen zahllose Krebse aus dem Wasser und krabbelten an Land, um nach Nahrung zu suchen. Einige von ihnen betrachteten Juna neugierig und hoben ihre Scheren, bis sie das Interesse verloren und ihren Weg fortsetzten. Juna beachtete sie ebenso wenig wie die Wellen, die ihre Füße fröhlich glucksend umspülten. Sie kitzelten sie an den Sohlen, als ob sie sie aufheitern wollten. Juna zog ihre Füße eng an den Körper und bettete ihren Kopf auf die Knie.

Wieder und wieder sah sie die letzten Momente des

Absturzes vor sich. Sie sah ihre Mutter, die ihre Augen geschlossen hatte. Sie hörte den schrecklichen Knall des Flugzeugrumpfs, der auf der Meeresoberfläche zerrissen wurde. Sie erinnerte sich an die dumpfen Träume der Bewusstlosigkeit.

Finn hatte recht. Es war pures Glück, dass sie überlebt hatten. Wie groß konnte die Hoffnung sein, dass auch anderen Insassen dieses Glück beschieden war? Eine Träne rollte über ihre Wange. Sie legte sich in den Sand und schloss die Augen.

Dann schlief sie ein.

Es war Blue, der sie am nächsten Morgen aus dem Schlaf riss. Er pfiff und klickte vom Meer herüber. Vermutlich hatte er Hunger. Mühsam richtete Juna sich auf und schüttelte sich den Sand aus den Haaren. Sie ging zur Reuse. Drei kleine Fische hatten sich darin verirrt. Juna schnappte sich einen davon. Mit etwas Übung und den richtigen Reflexen war das zu einem Kinderspiel geworden. Den Fisch anschließend töten zu müssen, war der Teil, an den sie sich nie gewöhnen würde.

»Es tut mir leid«, sagte sie und schlug zu.

Mit ihrem Fang in der Hand ging sie ein paar Schritte ins Meer. Blue schwamm zu ihr und stupste sie an.

»Guten Morgen dir auch«, sagte sie trüb und warf ihm den Fisch zu. Zu ihrer Verwunderung fraß Blue nicht schnell und gierig, wie er es sonst tat. Fast gelangweilt schnappte er den Fisch und schluckte ihn. Dann schwamm er um sie herum und spritzte sie voll. Er wollte spielen. Juna konnte nicht. Ihr Herz war schwer wie Blei.

»Heute nicht«, sagte sie und streichelte den Rücken ihres Delfinfreundes. »Mir geht's heute nicht so gut, weißt du.«

Unbeeindruckt neckte Blue sie weiter, schwamm um sie herum und stupste sie an, als wollte er ihr zurufen: »Komm schon. Was ist denn los?«

»Finn sagt, dass es keine Hoffnung für uns gibt. Und ich glaube, er hat recht«, sagte Juna. »Du kannst schwimmen, wohin du willst. Aber wir Menschen, wir sind ohne unsere Technik und das ganze Zeug total hilflos. Finn und ich, wir werden nie nach Hause finden. Vielleicht werden wir hier sterben.«

Ihre Stimme brach weg. Sie schluchzte leise. Blue streckte seinen Kopf aus dem Wasser. Seine kleinen, glänzenden Delfinaugen musterten sie fragend.

»Ich weine, weißt du. Menschen weinen, wenn sie traurig sind. Verstehst du das?«

Blue verstand. Er wurde ganz still und schwamm an sie heran, sanft und vorsichtig, als ob er sie trösten wollte. Sie wischte sich die Tränen weg und ein Lächeln huschte über ihr Gesicht. Blues Nähe tat ihr gut.

»Ich bin froh, dass du da bist, Blue«, sagte sie.

Sie streichelte ihn liebevoll, dann wollte sie zurück ans Ufer. Sie wollte sehen, ob es Finn gut ging.

Blue versperrte ihr den Weg.

»Schon gut, Blue. Ich komme klar.«

Juna wollte an ihm vorbei, Blue ließ sie nicht. Er blieb in ihrem Weg und stupste sie an, dieses Mal nicht spielerisch, sondern fordernd.

»Lass mich vorbei, Blue.«

Ihr Delfinfreund dachte nicht daran. Er blieb hartnäckig und stupste Juna immer weiter ins Meer hinein.

Sie schüttelte ungeduldig den Kopf. »Komm schon, was soll das? Ich habe dir doch gesagt, dass ich heute nicht mit dir schwimmen gehen kann. Lass mich jetzt zurück ans Ufer!«

Blue streckte seinen Kopf aus dem Wasser und gackerte so laut, dass sie fast erschrak. Er wollte sie einfach nicht gehen lassen, so viel hatte sie verstanden. Es war ihm wichtig, dass sie bei ihm blieb. Sie legte ihren Kopf schief und sah ihn nachdenklich an.

»Was hast du vor?«

Blue schwamm an ihre Seite und streckte ihr seinen Rücken entgegen, so wie er es immer tat, wenn er mit ihr gemeinsam hinaus aufs Meer wollte. Juna spürte, dass es ihm ernst war.

Sie seufzte. »Also gut. Aber nur kurz, ja?«

Sie hielt sich an seinem kräftigen Delfinleib fest und tätschelte ihm den Rücken. Das war das Signal, dass sie bereit war.

Im selben Augenblick stach Blue ins Meer. Er

schwamm so schnell wie noch nie zuvor. Juna wurde unsanft mitgerissen und verlor die Kontrolle. Wellen und Gischt peitschten ihr ins Gesicht. Sie rang nach Atem und verschluckte sich.

»Blue, bitte«, rief sie. »Nicht so schnell! Was …«

Sie brachte die Frage nicht mehr heraus, denn nun tauchte der Delfin in die Tiefe und zog sie mit sich. Es ging so schnell, dass sie nicht einmal rechtzeitig Luft holen konnte. Plötzlich war sie unter der Meeresoberfläche. Sie sah das Sonnenlicht, das sich über ihr in den Wellen brach, und die blaue Tiefe unter sich. Mit kräftigen Flossenschlägen zog Blue sie immer weiter runter, bis das Licht diffuser wurde und Juna von Fischschwärmen umgeben war. Sie spürte den Druck der Wassermassen auf sich. Die Angst packte sie. Was auch geschah, sie musste so schnell wie möglich wieder an die Oberfläche zurück. Sie ließ Blue los und ruderte mit beiden Armen dem Sonnenlicht entgegen.

Dann sah sie einen Felsen in der Tiefe, hinter dem sich etwas Großes verbarg. Plötzlich wusste sie, warum Blue sie hierhergebracht hatte.

Der Schatz

Fischschwärme zogen ihre Bahnen zwischen bunten Korallen. Dazwischen ragte der Mast einer Segelyacht aus der Tiefe hervor. Sie war eingekeilt zwischen zerklüfteten Felsformationen wie ein vergessenes Spielzeug, dem Verfall preisgegeben. Juna konnte nur raten, wie lange das Schiff schon dort unten lag. Der Rumpf war filigran, wie aus Porzellan gefertigt. Ein Riss im Bug deutete darauf hin, dass die Yacht eine unschöne Begegnung mit einem scharfkantigen Felsen vor der Küste der Insel gemacht hatte. Gewiss war sie einst der Stolz ihrer Besitzer gewesen. Nun hatte sie sich in einen Tummelplatz für Fische verwandelt. Irgendwann würde sie von Muscheln und Korallen überwuchert sein wie die Felsen, die sie umgaben.

Juna fragte sich, was wohl aus ihren Passagieren geworden war. Begleitet von Blue schwamm sie vorsichtig näher heran und wagte einen Blick durch die Scheiben. Sie entdeckte keine Spuren von Menschen. Wer auch immer an Bord gewesen war, hatte sich hoffentlich mit einem Rettungsboot in Sicherheit gebracht.

Sterne tanzten vor ihren Augen. Sie musste dringend Luft holen. So schnell sie konnte schwamm sie zurück zur Oberfläche und streckte den Kopf aus den Wellen.

Blue tauchte neben ihr auf und pfiff laut.

Juna rang nach Atem. »Ja, du hast recht. Wir müssen da noch einmal runter, Blue. Dabei brauche ich deine Hilfe.«

Blue zögerte keine Sekunde. Er umkreiste Juna und drehte ihr seinen Rücken zu. Dieses Mal war Juna vorbereitet. Sie holte tief Luft und hielt sich oberhalb von Blues Rückenflosse fest, die mittlerweile fast verheilt war. Schnell tauchten die beiden noch einmal hinab zum Grund des Meeres.

Juna schwamm näher an die Yacht heran und rüttelte an der Tür. Sie war nicht abgeschlossen, nur verklemmt. An ihrer Außenseite hingen bereits die ersten Muscheln. Sie musste vorsichtig sein, wenn sie sich nicht an ihren scharfen Schalen schneiden wollte. Mit beiden Händen packte sie den Griff, stemmte ihre Beine gegen den Rumpf und zog mit aller Kraft. Die Tür flog auf, der Weg ins Innere der Yacht war frei.

Juna wusste, dass sie jetzt ganz besonders vorsichtig sein musste. Es war eng und dunkel dort drin. Nicht einmal Blue konnte sie retten, wenn ihr etwas geschah. Und sie musste schnell sein. Sie hatte bestenfalls eine Minute, bis ihr die Luft ausging. Entschlossen tauchte sie in die Kabine und sah sich um. Sie entdeckte ein Funkgerät, das vollkommen zerstört war. In einer Ablage fand sie Schmuck und ein dickes Bündel Dollarscheine, das bereits im Begriff war, sich aufzulösen. Ein kurzer Blick auf die Scheine ließ eine imposante Menge an Nullen erkennen; vermutlich Tausende, wenn nicht Zehntausende. Es hätten auch Millionen sein können, das spielte keine Rolle. Geld war hier draußen vollkommen nutzlos. Juna beachtete es nicht und konzentrierte sich auf die Schubladen. Sie enthielten Seekarten, Stifte, Scheren und allerhand Kleinkram. Vieles davon konnte ihr später nützlich sein. Erst einmal ließ sie es liegen und öffnete einen Schrank. Kleidungsstücke schwebten daraus hervor wie Gespenster. Juna stopfte sie zurück. Sie musste sich beeilen. Ihre Lungen gierten bereits nach Luft.

Sie riss den nächsten Schrank auf und hätte am liebsten geschrien vor Freude. Dort waren Konservendosen: Gemüse, Nudeleintöpfe, Suppen und einige Fertiggerichte. Außerdem fand sie eine Packung mit Verbandsmaterial und einen kleinen Koffer. Sie zog ihn hervor und öffnete ihn. Werkzeug! Hammer, Schraubenzieher, Zange, Säge – alles, was das Herz begehrte. Finn würde jubeln, wenn sie ihm diesen Fund präsentierte! Rasch packte sie Hammer und Säge sowie eine Dose mit Ravioli.

Die Luft wurde knapp. Wenn Juna nicht schnell zurück an die Oberfläche kam, würde sie das Bewusstsein verlieren. Zum Glück zog Blue aufgeregte Kreise über der Yacht und war sofort zur Stelle, als sie aus der Luke hervortauchte. Mit einer Hand hielt sie sich an ihm fest und ließ sich von ihm nach oben ziehen.

Es war ein herrliches Gefühl, wieder atmen zu können. Minutenlang rang Juna nach Luft. Sie spürte, wie der Sauerstoff ihre Lungen füllte.

»Das war verdammt knapp«, brachte sie hervor. Mit ihrem freien Arm hielt sie noch immer das Werkzeug und die Konservendose umklammert. Ein Grinsen machte sich auf ihrem Gesicht breit. Wenn es ihr gelang, wieder etwas Hoffnung in ihr Leben zu bringen, dann hatte sich das Risiko gelohnt.

Sie schwamm zurück ans Ufer. Blue blieb an ihrer Seite, bis das Wasser zu flach für ihn wurde. Er streckte seinen Kopf aus den Wellen und klickte. Juna berührte seine Schnauze und streichelte ihn liebevoll.

»Danke, Blue. Ohne deine Hilfe wären wir verloren. Ich hoffe, ich kann mich mal revanchieren.«

Sie stapfte an den Strand und winkte ihrem Delfinfreund zu. Er zog wieder hinaus aufs Meer. Juna beobachtete ihn, bis er zwischen den Wellen verschwunden war, dann rannte sie zurück zur Lagune. Ihre Schätze hielt sie hinter ihrem Rücken versteckt. Sie wollte Finn überraschen und freute sich diebisch auf das Gesicht, das er machen würde, wenn sie ihm ihren Fund präsentierte.

Finn war wach. Er stand auf dem Plateau vor der Höhle wie ein Soldat, in der Hand seinen selbst geschnitzten Speer, die Augen grimmig, die Lippen zu dünnen Strichen zusammengepresst.

»Du hältst mich wohl für bescheuert, was?«, bellte er.

Juna prallte gegen eine Wand. Sie hatte sich tatsächlich darauf gefreut, ihn wiederzusehen. Seine harsche Reaktion kam völlig unerwartet.

»Finn, was …«

»Ich hab's gesehen, wie du den Delfin fütterst. Wie lange machst du das schon? Wie viel Fische hast du gestohlen, um sie ihm in den Rachen zu stopfen?«

Juna brachte kein Wort hervor. Sie hielt ihren Fund hinter dem Rücken umklammert.

Finn ging auf sie zu und stupste sie zornig gegen die Brust.

»Du bist nicht nur ein Heulbaby, du bist auch eine verdammte Lügnerin. Wir werden selbst kaum satt von dem, was wir fangen. Und was machst du? Fütterst diesen blöden Fisch. Während der langsam fett wird, müssen wir hungern.«

»Blue ist kein Fisch. Und außerdem konnte er nicht mehr jagen, weil du ihn mit deinem Speer verletzt hast. Er wäre vielleicht gestorben, wenn ich ihm nicht geholfen hätte«, gab Juna zurück. Sie fühlte sich plötzlich sehr schwach.

Finn wurde rot vor Wut. »Na und wenn schon. Er ist ein Tier, verdammt noch mal! Ein dummer Delfin, nichts weiter.«

»Blue ist nicht nur ein dummer Delfin, Finn. Er will uns helfen.«

»Er will uns helfen, na klar.« Finn lachte boshaft. »Nur weil er niedlich aussieht? Wenn dir seine Gesellschaft wichtiger ist als meine, dann hau doch ab und bleib bei ihm.«

Ein kleiner Teil von Juna wusste, dass sein Zorn berechtigt war; die wenigen Fische, die sie im Laufe der letzten Tage gefangen hatten, waren kaum genug, um ihren eigenen Hunger zu stillen. Und es war falsch gewesen, Finn zu hintergehen. Zugleich verabscheute sie seine Worte. Sie spürte, dass dahinter noch etwas anderes lag.

»Warum hasst du mich eigentlich so sehr, Finn? Was habe ich dir getan?«, fragte sie.

Finn verschanzte sich hinter einem falschen Lachen.

»Deine Eltern haben sich getrennt, das ist zum Kotzen«, fuhr Juna fort. »Glaub mir, ich weiß, wie du dich fühlst. Ich wollte auch nicht, dass meine Mutter mit deinem Vater ausgeht. Ich finde es bescheuert, dass die beiden jetzt einen auf glückliche Familie machen. Als Mama mir gesagt hat, dass sie diesen Urlaub plant, hatten wir Streit. Wir haben drei Tage kaum miteinander gesprochen. Ich wollte das alles genauso wenig wie du. Aber ich kann nichts dafür, verstehst du?«

Finn starrte Löcher in den Boden, presste seinen Mund zusammen und schwieg.

Juna musste mit Wut und Enttäuschung kämpfen. Sie hatte gerade erst angefangen, ihn zu mögen. Sie fühlte sich verraten.

»Vielleicht solltest du zur Abwechslung auch mal an andere denken, nicht immer nur an dich!«, rief sie. »Dann würdest du nämlich sehen, dass die Dinge nicht so einfach sind. Es stimmt, ich habe Blue heimlich ein paar von unseren Fischen abgegeben, und ich hätte es dir sagen sollen. Aber Blue ist ganz allein, genau wie wir. Er braucht Hilfe, genau wie wir. Und wenn du endlich mal die Augen öffnest, dann wirst du sehen, dass er nicht nur irgendein dummer Delfin ist. Er ist etwas ganz Besonderes.«

Sie legte Säge, Hammer und die Dose mit den Ravioli vor Finn auf den Boden. Seine Augen wurden so groß wie Untertassen. Er riss das Werkzeug an sich und betrachtete es verblüfft.

»Wo … wo hast du das her?«

»Blue hat mich zu einem Schiffswrack geführt. Dort unten sind noch viel mehr Sachen, die wir brauchen können«, sagte Juna. »Ohne ihn hätte ich das alles nie entdeckt. Denk mal darüber nach, bevor du ihn das nächste Mal abstechen willst.«

Sie hatte feiern wollen. Jetzt war ihr jegliche Lust dazu vergangen. Sie wollte einfach nur noch weg und drehte Finn den Rücken zu.

Finn sprang auf. »Juna! Wo willst du hin?«

»Ich muss nachdenken«, sagte Juna und ging zornig zum Strand.

Licht im Dunkel

Juna wollte etwas zerstören. Sie riss eine Wurzel aus dem Boden und warf sie ins Wasser. Sie trat einen Stein zur Seite und schrie die Wellen an. Sie war plötzlich so voller Wut, dass sie das Gefühl hatte, platzen zu müssen. Sie hasste diese verdammte Insel. Sie hasste das Schicksal, das sie hierherverschlagen hatte. Sie hasste Finn, der nur das Schlechte in ihr sehen wollte. Und sie hasste sich selbst, weil sie keine Spur besser war als er.

Es gab eine Wahrheit, die so einfach wie bedeutend war: Wenn sie auf dieser Insel im Ozean überleben wollten, mussten sie ihre Vorurteile überwinden, ihre kleinlichen Streitigkeiten beiseitelegen und endlich erkennen, dass sie einander brauchten. Das Meer, das sie umgab, der Wind, der Regen, die Natur, all das war so viel größer und mächtiger als sie selbst. Mit Hass und Missgunst hatten sie keine Chance. Nur gemeinsam konnten sie überleben.

Wind spielte in Junas roten Haaren. Sie blickte zurück zur Lagune. Finn war ihr nicht gefolgt. Auch von Blue war keine Spur zu sehen. Ihr Zorn war verraucht, plötzlich fühlte sie sich einsam. Sie spielte mit dem Gedanken, zur Höhle zurückzukehren. Sie konnte nicht. Stattdessen schlüpfte sie aus ihrer Kleidung und schwamm hinaus aufs Meer. Dort ließ sie sich im warmen Wasser treiben, mit dem Gesicht zum Himmel, alle viere von sich gestreckt. Wellen schaukelten sie auf und ab. Sie spürte die Strömungen, die so sanft und unerbittlich waren, dass sie einen leichtsinnigen Schwimmer schnell aufs offene Meer hinausziehen konnten. Salz brannte auf ihren Lippen und Wind streichelte ihr Gesicht. Sie schloss die Augen und wurde für einen kurzen Moment eins mit dem Meer, bis die Zeit ihre Bedeutung verlor.

Irgendwann trieben sie Hunger und Durst zurück an den Strand. Sie ging zur Höhle und suchte nach Finn. Er war verschwunden, zusammen mit der Säge und dem Hammer. Juna trank aus der Quelle und aß etwas Kokosfleisch. Dann suchte sie nach ihm. Es war nicht schwer, ihn zu finden. Sie ging zu der felsigen Ebene, an der sie ihr Signalfeuer aufbauen wollten. Schon von Weitem konnte sie ihn fluchen hören.

Er war im Unterholz des Dschungels, wo er mithilfe der Säge einen abgestorbenen Baum zu Fall gebracht hatte. Obwohl er die meisten Äste bereits entfernt hatte, krallte sich der widerspenstige Stamm fest und ließ sich nicht von der Stelle bewegen. Finn zog mit aller Kraft, ächzte und schimpfte, doch es half nichts; allein schaffte er es nicht. Der Verzweiflung nahe, ließ er sich auf den Boden sinken. Seine Brillengläser waren verschmiert und seine Wangen rot. Das lockige Haar hing ihm in schmutzigen Strähnen ins Gesicht.

Juna trat an ihn heran. Ihre Blicke begegneten sich. Finns Wut war der Reue gewichen. Genau wie sie wusste auch er, dass ihr Streit dumm und sinnlos gewesen war.

Juna wollte keine Entschuldigung hören. Es gab jetzt Wichtigeres. Wortlos packte sie die Spitze des Baumstammes und signalisierte Finn, dass er es noch einmal versuchen sollte. Sofort sprang Finn auf und nahm das Ende des Stamms. Gemeinsam gelang es ihnen, den wuchtigen Baum durch das Gestrüpp zu ziehen. Sie legten ihn auf dem Feuerplatz ab.

Finn lächelte dankbar und verschwand gleich darauf wieder im Dschungel. Er nahm sich den nächsten Stamm vor. Juna blieb an seiner Seite. Als die Anstrengung des Sägens zu groß wurde, übernahm sie für ihn. Schweigend arbeiteten sie, bis es Abend wurde. Mit vereinten Kräften hatten sie innerhalb weniger Stunden genug Holz gesammelt, um ein imposantes Feuer zu schüren.

»Was meinst du, ist heute eine gute Nacht für ein Signalfeuer?«, fragte Finn, als sie müde und zufrieden vor dem mannshohen Stapel standen.

Juna lächelte. »Klar.«

Gemeinsam gingen sie zu ihrer Höhle. Das Feuer auf dem Felsplateau war zu einem kümmerlichen Haufen Asche zusammengefallen. Bei all der Arbeit hatten sie ganz vergessen, es am Leben zu erhalten. Finn stocherte herum, bis er letzte Reste von Glut fand, die er mit trockenem Gras und Reisig neu entfachen konnte. Bald schon loderten die Flammen wieder.

Die dunkle Nacht hatte sich schon über die Insel gelegt, als Juna und Finn mit einem brennenden Stock in der Hand zu ihrem Holzstapel zurückkehrten. Finn sah Juna an. Sie nickte entschlossen. Finn schob den brennenden Stock ins Holz. Sekundenlang geschah gar nichts, dann quoll eine dünne Säule aus Rauch hervor.

»Es funktioniert«, sagte Finn. Seine Augen leuchteten wie zwei Sterne.

Zaghafte Flämmchen züngelten an den trockenen Stämmen empor. Sie wuchsen rasch zu einem gewaltigen Feuer heran, das bis in weite Ferne zu sehen war. Es prasselte, knackte und loderte, dass es eine Freude war.

Juna sah in den Himmel, der hell und sternbesät war. Zusammen mit den glimmenden Funken schickte sie ihre Gedanken hoch und betete, dass irgendjemand sie bemerken würde.

Mama, Papa, bitte seht uns.

Finn nahm ihre Hand. »Los, wir tanzen.«

Juna runzelte die Stirn. »Tanzen?«

»Ja! Wie die Indianer. Oder die Eingeborenen auf den Südseeinseln. Wir tanzen um das Feuer und rufen die Götter.«

»Welche Götter denn?«

»Na, eben alle. Jesus, Buddha, Allah, Shiva, den Heiligen Geist … fällt dir noch einer ein?«

»Eine ganze Menge«, sagte Juna.

»Und die rufen wir und bitten sie, uns sicher nach Hause zu bringen. Kann nicht schaden, oder?«

Finn begann zu tanzen. Er lief um das Feuer, hüpfte von einem Bein auf das andere, hob seine Arme und ließ sie kreisen. Seine Stimme schlug Kapriolen, schwang sich hinauf in den Himmel und sank gleich darauf wieder zu Boden. Er klang wie ein indianischer Medizinmann. Juna lief ihm hinterher und versuchte, seine Bewegungen zu imitieren. Ihr Gesang war mindestens so schauderhaft wie der von Finn, vielleicht sogar noch schauderhafter, wurde er doch immer wieder von wildem Gelächter unterbrochen. Ausgelassen wie zwei Kinder auf Klassenfahrt tanzten sie um das Feuer und vergaßen ihren Streit und ihre Sorgen.

Als Finn schließlich stehen blieb, spürte Juna, dass etwas anders war als zuvor. Etwas in ihr hatte sich verändert. Vielleicht, weil sie zum ersten Mal seit langer Zeit wieder richtig lachen konnten. Vielleicht aber auch, weil sie all das ganz allein erreicht hatten; sie brauchten keine Hilfe ihrer Eltern mehr, um ihre Ziele zu erreichen. Sie waren stark genug, um selbst Herren ihres Schicksals zu sein. Wie Erwachsene. Ein seltsames Gefühl war das.

Finn schien es ähnlich zu gehen. Er nahm die Brille ab. Das Licht des Feuers flackerte in seinen Augen. Seine Fröhlichkeit war einem feierlichen Ernst gewichen. Er sah plötzlich nicht mehr aus wie ein 13-jähriger Schuljunge. Er sah aus wie ein junger Mann.

»Alles in Ordnung, kleine Schwester?«, fragte er.

»Klar«, sagte Juna. Und das war nicht einmal gelogen.

Finn suchte nach Worten. »Hey, es tut mir leid. Das mit der ›kleinen Schwester‹, meine ich. Das werde ich nicht mehr sagen.«

»Schon in Ordnung«, sagte Juna. Sie war überrascht über ihre Worte. Und mehr noch, dass es sich gut und richtig anfühlte. »Eigentlich habe ich mir immer einen großen Bruder gewünscht, weißt du?«

»Einen wie mich bestimmt nicht«, grinste Finn.

Sie zuckte mit den Schultern. »Du spielst den fiesen Kerl doch nur. Eigentlich bist du ganz in Ordnung.«

»Glaubst du?«

»Glaube ich.«

Finn wirkte verlegen. Er setzte seine Brille wieder auf, dann wechselte er das Thema.

»Wir sollten öfter so ein Feuer machen. Aber es wäre dumm, wenn wir uns allein darauf verlassen würden. Wir dürfen hier nicht einfach nur rumsitzen und auf unsere Rettung warten«, sagte er.

»Also was schlägst du vor?«

»Wir bauen ein Floß! Wir haben endlich das richtige Werkzeug dafür.«

»Weißt du denn, wie man so ein Floß baut?«

Finn zuckte mit den Schultern. Er hatte keinen blassen Schimmer, das konnte Juna an seiner Nasenspitze ablesen. Doch sie war froh, endlich wieder Pläne schmieden zu können, und warf alle Zweifel in den Wind.

»Das ist eine tolle Idee, Finn! Wir bauen ein Floß. Und es wird das allerbeste Floß werden, das die Welt jemals gesehen hat.«

»Darauf kannst du wetten!«, sagte Finn und strahlte.

Sie standen vor dem Feuer, bis es zu einem Haufen rot glimmender Glut zusammengefallen war, dann kehrten sie in ihre Höhle zurück. Juna fiel in ihr Bett aus Moos. Während sie langsam einschlief, dachte sie, dass dieser Tag, der so fürchterlich begonnen hatte, ganz sicher einer der schönsten Tage ihres Lebens gewesen war.

Das Festmahl

Der nächste Morgen begann mit Nieselregen. Müde streckte Juna den Kopf aus der Höhle und sah Finn über die feuchte Asche gebeugt, dort, wo gestern noch ihr Feuer geprasselt hatte.

»Der verdammte Regen hat die letzte Glut gelöscht. Und wenn die Sonne weiter hinter den Wolken versteckt bleibt, können wir auch kein neues Feuer schüren.«

Juna blickte zum Himmel, der von Wolken verhangen war, schwer und grau wie Blei. »Das Wetter wird bestimmt wieder besser«, sagte sie.

Wie sehr sie sich damit irren sollte! Zum Regen gesellte sich bald eine frische Brise, die im Laufe des Tages zu einem Sturm heranwuchs. Meterhoch donnerte die Brandung gegen die Küste und der Wind wurde so stark, dass er die Palmen bog. Juna und Finn mussten hilflos in ihrer Höhle ausharren. Das Vordach, das sie mühevoll konstruiert hatten, wurde von einer Böe mitgerissen und in die Lagune geschleudert. Zumindest hielt ihre Tür aus Zweigen, so dass sie einigermaßen trocken blieben.

Juna dachte an Blue, der ganz allein draußen auf dem Meer war.

»Deinem Delfin geht es bestimmt gut«, sagte Finn, der

ihr sorgenvolles Gesicht bemerkte und ihre Gedanken erriet. »Solche Stürme gibt es hier öfter. Die kennt er.«

Juna legte sich wieder auf ihr Bett aus Moos. Der Wind pfiff durch sämtliche Spalten und Ritzen. Sie fror.

»Glaubst du, irgendjemand hat unser Signalfeuer gesehen?«, fragte sie.

»Könnte schon sein. Aber bei so einem Sturm starten die sicher keine Suchaktion. Wir müssen einfach abwarten«, sagte Finn.

Juna spürte ein Ziehen im Bauch. Zu Hause hatte sie keinen Hunger gekannt, allenfalls ein kurzes Unwohlsein, das durch eine Mahlzeit schnell wieder beseitigt werden konnte. Nahrung gab es schließlich an jedem Ort und überreichlich; Tag für Tag wurden große Mengen davon weggeworfen, und niemand interessierte sich dafür. Auch Juna hatte sich keine Gedanken darüber gemacht, wo all das Essen herkam und wohin es ging, wenn es nicht gegessen wurde. Sie war damit aufgewachsen, dass es eben immer da war und niemals weniger wurde.

Auf ihrer Insel war alles anders. Hunger war ein ständiger Begleiter geworden, mal stärker, mal schwächer, aber stets präsent. Hin und wieder gelang es ihr, ihn zu ignorieren, und in guten Momenten, wenn sie fröhlich war oder sich in einer Aufgabe verlieren konnte, vergaß sie ihn ganz. Doch wenn er dann zurückkehrte, dann mit aller Macht.

Das Ziehen entwickelte sich zu einem stechenden Schmerz. Ihr Magen zog sich zu einem Ballen zusammen. Schwindel überkam sie.

»Finn, haben wir noch die Dose mit Ravioli, die ich im Schiffswrack gefunden habe?«, fragte sie.

»Die habe ich gestern aufgegessen«, gestand Finn kleinlaut.

»Ganz allein?«

»Ich war so wütend, ich wollte dir eins auswischen.« Er bekam Flecken am Hals, so sehr schämte er sich. »Es tut mir leid.«

Juna schloss die Augen. »Was ist mit unseren Kokosnüssen?«

»Wir haben gestern die letzten Vorräte verbraucht. Tut dein Bauch denn sehr weh?«

Juna wollte tapfer sein. Der Schmerz war stärker. Sie krümmte sich. Nach den Anstrengungen der vergangenen Tage war sie vollkommen ausgehungert.

»Sobald der Sturm vorbei ist, machen wir uns ein Feuer und grillen alles, was uns in die Hände kommt«, sagte Finn. Rasch fügte er hinzu: »Auch Blue kriegt seinen Anteil. Versprochen.«

Juna lächelte. »Blue braucht unseren Fisch nicht mehr. Seine Rückenflosse ist verheilt. Er kann wieder ganz gut jagen, glaube ich.«

»Tja, dann frag ihn doch, ob er zur Abwechslung mal uns was von seinem Fang abgibt.«

Finn warf einen Blick durch den Spalt zwischen Fels und Tür. Der Sturm zeigte keine Anzeichen von Schwäche, er wütete unvermindert weiter. Das Donnern der meterhohen Wellen übertönte selbst das Rauschen ihres Wasserfalls.

»Schlaf ein bisschen, kleine Schwester. Ich passe solang auf.«

Juna nickte dankbar und schloss die Augen. Es gelang ihr tatsächlich, etwas Schlaf zu finden. Sie träumte, dass sie ein Delfin war und ihre Bahnen durch die blauen Tiefen des Meeres zog. Blue wartete bereits auf sie und zeigte ihr eine Welt voller Wunder. Juna sauste über bunte Korallen hinweg, spielte Fangen mit den Fischen und lieferte sich ein Wettschwimmen mit Blues Delfinbrüdern. Der Traum war so schön, dass sie ihn festhalten wollte, als Finn sie wachrüttelte.

»Juna! Du musst aufstehen.«

Widerwillig öffnete sie die Augen und sah in Finns Gesicht. Es war von Sorgen gezeichnet.

»Was ist denn los?«

»Besser, du siehst es dir selbst an.«

Sie kämpfte sich auf die Beine und stolperte hinter ihm her zum Strand. Der Sturm hatte sich verzogen und einen kalten, wolkenbetupften Abendhimmel hinterlassen. Die untergehende Sonne und die sanfte Brandung wirkten fast friedlich, im Gegensatz zu dem Bild, das ihre Insel bot. Der Sturm hatte einige Bäume umgeworfen und allerhand Müll und Unrat an den Strand gespült.

»Das ist noch nicht alles. Sieh dir das an.« Finn deutete auf ihre Reuse. Sie war regelrecht zerfetzt worden. Alle Fische, die sie gefangen hatten, waren verschwunden.

Juna fiel auf die Knie. »Finn … unser Fisch …«

»Alles weg. Verschwunden.«

»Und was sollen wir jetzt essen?«

»Hast du nicht gesagt, dass in dem Wrack noch mehr Konservendosen waren? Könnten wir die nicht holen?«

»Die Stelle war irgendwo draußen auf dem Meer. Wir brauchen Blue. Ohne ihn finde ich das Schiff niemals«, sagte Juna. In Wahrheit hatte sie kaum die Kraft, sich auf den Beinen zu halten, geschweige denn auf den Grund des Meeres zu tauchen.

Finn lief ins Wasser und schrie: »Blue! Blue, wo bist du? Wir brauchen deine Hilfe!«

Blue zeigte sich nicht. Finn probierte es weiter. Er winkte und rief seinen Namen.

»Finn. Hör auf! Es ist zu spät. Die Sonne geht schon unter. Ich kann nicht tauchen, wenn es dunkel wird«, sagte Juna schwach.

Sie kehrten zu ihrer Höhle zurück. Junas Muskeln fühlten sich an wie Pudding. Sie war so schwach, dass es ihr nur mit Finns Hilfe gelang, zum Felsplateau hochzuklettern. Dort sank sie auf den Felsboden. Finn musterte sie sorgenvoll.

»Du musst etwas essen, und zwar schnell. Warte hier!«

Bevor sie ein müdes »Ich laufe schon nicht weg« erwidern konnte, war er schon im Dschungel verschwunden.

Juna starrte zum Horizont. Die Sonne schmolz zu einem rot glühenden Ball zusammen, der funkelnd und glitzernd im Meer unterging. Sie hielt nach einem Schiff Ausschau, einem Flugzeug, einem Schimmer Hoffnung, und sei er auch noch so klein. Sie fand nichts. Geschwächt und müde schlief sie wieder ein.

Der Geruch von qualmendem Holz weckte sie auf. Inzwischen war es Nacht geworden. Leuchtend hing die Sichel des Mondes am Himmel.

»Finn?«

Ihr großer Bruder kauerte vor einem flackernden Feuer. Das Holz war feucht und qualmte erbärmlich, aber es brannte.

»Juna! Du bist genau zum richtigen Zeitpunkt wach geworden. Komm, steh auf. Setz dich zu mir.«

Erst jetzt bemerkte Juna einen ungewöhnlichen Duft. Wie Popcorn. Oder gebratener Fisch. Es roch köstlich.

»Du hast etwas zu essen gefunden! Und Feuer gemacht. Wie hast du das hingekriegt?«

»In der Asche von unserem Signalfeuer habe ich geschützt unter einem Felsvorsprung noch etwas Glut gefunden«, sagte Finn stolz.

Die Aussicht auf eine Mahlzeit weckte Junas Lebensgeister. Sie war sofort auf den Beinen und setzte sich zu Finn.

»Was ist es? Fisch? Früchte?«

Finn räusperte sich und suchte nach Worten. »Okay, also … das ist jetzt vielleicht nicht ganz das Essen, das du gewohnt bist. Aber ich hab's schon probiert und es schmeckt echt gut. Außerdem ist es ziemlich nahrhaft. Voller Proteine und so.«

Was es auch war, es roch hervorragend. »Her damit!«, rief Juna.

Finn zog einen dünnen Bambusstock aus dem Feuer. Daran hing etwas, das aussah wie kleine Beeren mit Beinen. Juna war skeptisch.

»Was ist das?«

»Probier erst mal.«

Juna hielt den Stock näher ans Feuer und betrachtete ihn genauer. Mit einem spitzen Schrei ließ sie ihn fallen.

»Spinnen! Bist du bescheuert? Du servierst mir gegrillte Spinnen?«

Finn seufzte. »Die sind echt lecker, glaub mir.«

»Ich hasse Spinnen! Die bekomm ich nicht runter, vergiss es.«

»Juna, in vielen Ländern ist es ganz normal, Insekten zu essen.«

»Aber doch nicht Spinnen! Gibt es keine Kokosnüsse

mehr? Der Sturm hat doch bestimmt viele davon auf den Boden geworfen.«

»Ja, bestimmt. Ich habe aber auf die Schnelle keine gefunden. Außerdem … du kannst dich nicht die ganze Zeit nur von Kokosnüssen ernähren. So wirst du nie satt.«

Juna bekam den Geruch nicht aus der Nase. So schrecklich die Vorstellung war, dieses widerwärtige Ding mit acht Beinen in den Mund zu stecken, so sehr lockte sie der Duft. Ihr Widerstand bröckelte.

»Niemals esse ich Spinnen. Eher verhungere ich«, gab sie schwach zurück.

Finn beschloss, dass er nicht länger diskutierten wollte. Er nahm den Stock mit den gegrillten Spinnen und puhlte eine davon herunter. Zu Junas Entsetzen steckte er sie sich in den Mund, kaute darauf herum und schluckte. Juna sah ihn an, als erwartete sie, dass er jeden Augenblick schreiend zu Boden fiel und sich unter Schmerzen krümmte. Nichts dergleichen geschah. Finn hielt ihr den Stock hin.

»Probier nur eine einzige.«

Juna nahm den Stock und drehte ihn zweifelnd in den Händen. Sie sah die Silhouetten von verkrümmten Spinnenbeinen und schloss rasch die Augen. Vorsichtig zupfte sie ein Stück ab und schluckte es ungekaut hinunter. Sie wartete auf den Würgereiz. Zu ihrer Überraschung breitete sich ein ungewohnter, aber angenehmer Geschmack in ihrem Mund aus, der sie an gegrillte Garnelen erinnerte. Sie nahm das nächste Stück und kaute es vorsichtig. Es war köstlich. Sie verdrängte das Bild von gerösteten Spinnenbeinen und stellte sich vor, ein Stück Fisch im Mund zu haben. Gierig aß sie die restlichen Spinnen vom Stock.

»Woher hast du die?«, fragte sie.

»Aus dem Dschungel. Dort hängen sie an Bäumen, Sträuchern, einfach überall. Die werden uns so schnell nicht ausgehen.«

»Wie oft hast du sie schon gegessen?«

»Noch nie«, gestand Finn. »Ich hab nur mal im Fernsehen gesehen, wie ein Überlebenskünstler sie zubereitet hat. Nicht übel, was?«

Juna setzte sich zu ihm ans Feuer. »Hast du noch mehr?«

Grinsend zog Finn zwei weitere Bambusstöcke mit aufgespießten Grillspinnen hervor. »Nur für dich. Lass sie dir schmecken.«

Das ließ Juna sich nicht zweimal sagen. Hungrig aß sie alle Spinnen auf und sank an Finns Schulter.

»Danke, Finn.«

»Dann bist du mir nicht mehr böse, dass ich die Ravioli allein verputzt habe?«

»Die waren bestimmt nicht so lecker wie frisch gegrillte Spinnen.«

»Darauf kannst du Gift nehmen. Spinnengift!«

Sie tauschten ein Lächeln.

»Morgen beginnen wir damit, das Floß zu bauen«, beschloss Finn. »Fühlst du dich denn wieder stark genug, kleine Schwester?«

»Ich habe die Kraft der Dschungelspinnen. Ich könnte Bäume ausreißen«, sagte Juna und zeigte ihre Muskeln. Es tat gut, wieder lachen zu können.

Schatztauchen

Blue schien auf Juna gewartet zu haben. Sie war auf ihrem morgendlichen Erkundungsgang und hatte kaum einen Fuß an den Strand gesetzt, da hörte sie schon seine Rufe. Freudig warf sie ihre Kleidung in den Sand und rannte ins Wasser.

»Blue, mein Blue! Ich hab dich so vermisst!«, rief sie.

Der junge Delfin pfiff freudig und streckte ihr die Schnauze entgegen. Er wollte gestreichelt werden. Juna tat ihm den Gefallen. Sie liebte es, seine glatte Delfinhaut zu berühren. Sie strich über seine Flanken und kraulte seinen Bauch. Das mochte er besonders gern.

»Wo warst du? Ich hatte schon Angst, dass du den Sturm nicht überstehst. Ich habe mir solche Sorgen um dich gemacht.«

Blue beschleunigte mit ein paar kräftigen Schwüngen seiner Schwanzflosse und sprang aus dem Wasser, als ob er ihr beweisen wollte, dass es ihm prächtig ging.

Juna lachte. »Ja, ich freue mich auch.«

Blue ließ Klicklaute hören und kreiste um Juna. Er kam ihr so nahe, dass sie ihn berühren konnte.

»Wir brauchen deine Hilfe, Blue. Du musst mich noch einmal zu dem Wrack bringen. Du weißt schon. Das Schiffswrack. Schaffst du das?«

Der junge Delfin war viel zu aufgedreht, um auf sie zu hören. Er kreiste um sie herum, bis ihr fast schwindelig wurde. Juna wusste, dass er vieles verstehen konnte, aber eben nicht alles. Sie beschloss, die Stelle mit dem Wrack selbst zu suchen. Gewiss würde Blue bei ihr bleiben und ihr helfen, falls es nötig war.

Sie kraulte hinaus aufs Meer und tauchte ab. Sie hielt Ausschau nach bekannten Strukturen, dem Korallenfelsen oder dem Mast der Yacht. Doch das Wasser war noch immer aufgewühlt und trüb; ihre Sicht reichte nur wenige Meter weit. Ohne Blues Hilfe würde sie es nicht schaffen.

Sie tauchte auf und wartete, bis Blue nahe genug an ihr dran war, sodass sie seinen Rücken streicheln konnte. Er streckte seinen Kopf hervor.

»Blue, wo ist das Wrack? Kannst du mir das Wrack zeigen?«

Blue musterte sie verständnislos.

Juna probierte es noch einmal: »Bring mich zum Wrack! Wir tauchen, verstehst du? Wir beide, du und ich.«

Sie hielt sich an ihm fest, so wie sie es bei ihrem letzten Tauchgang getan hatte. Jetzt schien Blue zu verstehen. Er raste los und riss Juna mit sich. Allein hätte ihr die düstere Tiefe des Meeres Angst gemacht. Doch an der Seite von Blue war es ein Spaß, zu tauchen. Sie glitten durch riesige Schwärme silberner Fische, die auseinanderstoben und immer neue, fantasievolle Figuren bildeten. Über ihnen zog ein Stachelrochen seine Bahnen und bewegte seine gewaltigen Flossen wie Flügel. Auf dem sandigen Meeresboden lieferten sich zwei Langusten einen Streit und gingen mit ihren Scheren aufeinander los. Seepferdchen suchten Schutz zwischen Korallen. Juna konnte sich kaum satt sehen an all der Schönheit.

Bald schon konnte sie die schemenhaften Umrisse der gesunkenen Yacht vor sich erkennen und schwamm auf die Eingangsluke zu. Auch dieses Mal kostete sie es Überwindung, in die Dunkelheit und Enge des Schiffsinneren zu klettern. Sie öffnete den Schrank mit der Kleidung und nahm so viel mit, wie sie tragen konnte. Rasch verließ sie das Wrack wieder und tauchte nach oben, wo es Luft gab und Licht. Blue blieb an ihrer Seite.

Juna schwamm zum Strand, um die Ausbeute des ersten Tauchgangs zu begutachten. Shorts, T-Shirts, Socken und ein Pullover. Kleidung, die viel zu groß für sie war, aber als Decken, Taschen oder Jacken gute Dienste tun konnte.

Sie nickte zufrieden: »Nicht übel für den ersten Versuch.«

Sie knotete sich die Ärmel eines Pullovers um die Hüften und rannte wieder ins Wasser. Blue erwartete sie ungeduldig.

»Los geht's!«, rief sie und hielt sich an ihm fest.

Der zweite Tauchgang galt den Konserven. Juna nutzte den Pullover als Transportbeutel und stopfte so viele Dosen wie möglich hinein. Sie merkte schnell, dass sie es mit diesem Gewicht niemals an die Oberfläche schaffen würde, und packte die Hälfte wieder aus. Die Luft wurde bereits knapp. Sie musste dringend Atem holen. Zum Glück war Blue sofort zur Stelle und zog sie nach oben.

Juna brachte ihre Schätze an den Strand und kehrte zurück ins Meer. Sie erledigte drei weitere Tauchgänge. Ihre Pullovertasche erfüllte ihren Zweck. Rasch sammelte sie eine ansehnliche Menge an nützlichen Dingen: Nahrung, Kleidungsstücke, einen Kugelschreiber, ein Messer, mehrere Gläser und Schüsseln, ja sogar einen Kompass und eine Taschenlampe, die zu Junas großer Freude noch funktionierte.

Mit schweren Beinen stieg sie noch einmal ins Wasser. Blue schwamm auf sie zu und wollte wieder mit ihr hinaus aufs Meer.

»Ich kann nicht mehr tauchen, Blue. Ich bin müde und muss mich ausruhen. Außerdem haben wir genug Sachen fürs Erste. Wir gehen später noch mal schwimmen, ja? Ich weiß nicht, was wir ohne dich täten. Danke für deine Hilfe.«

Blue gackerte und klickte. Juna streichelte ihn liebevoll und schickte ihn zurück aufs Meer.

Mit einer Handvoll Konservendosen und einem Beutel voll kostbarer Dinge kehrte Juna zu ihrer Höhle zurück. Finn strahlte, als sie die Schätze vor ihm ausbreitete.

»Und das hast du alles selbst nach oben getaucht?«

»Mit Blues Hilfe natürlich. Am Strand ist noch mehr«, sagte Juna stolz.

»Das holen wir später. Komm, ich muss dir etwas zeigen.«

Finn ging ein paar Schritte und deutete auf den Boden. Dort hatte er mit einem Stock Pläne in die Erde gekratzt.

»Was wird das?«

»Unser Floß! Ich habe alles genau aufgeschrieben. Wir müssen mehrere Schichten trockenes Holz zusammenbinden, damit es den nötigen Auftrieb hat und nicht bei der kleinsten Welle sinkt. Wir brauchen also Holz, viel Holz. Und Hanf, Flachs, Lianen, alles, woraus man Seile machen kann. Wenn der Unterbau fertig ist, muss hier an dieser Stelle ein Mast eingebaut werden, an dem wir ein Segel befestigen können. Außerdem benötigen wir einen Sonnenschutz und ein Steuerruder, einen Platz zum Verstauen unserer Vorräte und viel Trinkwasser.«

Das hatte Juna nicht bedacht. Das Meerwasser war nicht zum Trinken geeignet. Die Vorstellung zu verdursten, während man umgeben war von Wasser, hatte etwas Absurdes.

»Aber wie sollen wir all das Wasser transportieren?«

Grinsend zog Finn ein paar alte Plastikflaschen hervor. »Die hat der Sturm angespült, zusammen mit anderem Müll: Tüten, Plastiktonnen, all so 'n Zeug. Das meiste können wir gut brauchen. Und da sagen die Leute immer, die Verschmutzung der Meere sei eine üble Sache.«

Juna blickte auf die Kritzeleien, die Finn in den Boden gezeichnet hatte. Sie wurde nicht schlau daraus. »Das sieht ziemlich kompliziert aus. Bist du sicher, dass wir genug Material dafür finden?«

»Na klar. Ich sage dir doch, ich habe Pläne gemacht. So gut wie alles, was wir brauchen, finden wir hier auf der Insel. Und dank dir und Blue haben wir jetzt auch das richtige Werkzeug …«

»… und einen Kompass, damit wir uns nicht verirren!«, sagte Juna und zeigte Finn triumphierend ihren wertvollsten Fund.

Finn schrie begeistert auf und nahm sie in die Arme. »Juna, du bist wirklich die größte kleine Schwester, die es gibt!«

Juna spürte, wie ihre Ohren rot wurden, und löste sich von ihm. »Okay, also … was hältst du davon, wenn wir uns zur Feier des Tages ein Festmahl kochen? Und dann fangen wir an, unser Floß zu bauen.«

Finn strahlte. »Klingt gut. Was empfiehlt denn der Küchenchef heute?«

Juna nahm ein paar Dosen zur Hand und versuchte die Etiketten zu entziffern. »Hm, wie wäre es mit … gezuckerten Bienen?«

»Das heißt bestimmt Birnen. Aber ›gezuckerte Bienen‹ klingt auch nicht schlecht.«

Juna musste an ihre Spinnenmahlzeit denken und schüttelte sich. »Danke, ich verzichte. Das hier ist Erbsensuppe. Oder magst du lieber Kartoffeleintopf nach Großmutters Art?«

»Großmutters Art!«, rief Finn wie aus der Pistole geschossen.

Sie öffneten die Dose und stellten sie auf die Glut ihres Feuers. Kurz darauf aßen sie heiße Kartoffelsuppe, die herrlich schmeckte und eine willkommene Abwechslung zu Fisch und Kokosnuss war. Weil Finn noch immer ein schlechtes Gewissen wegen der Ravioli hatte, überließ er Juna den Löwenanteil. Juna aß die Suppe auf und kratzte noch das letzte bisschen aus der Dose heraus. Satt und zufrieden schaute sie Finn an.

»Bauen wir unser Floß!«, beschloss sie.

Das ließ sich Finn nicht zweimal sagen.

Das Floß

Insgeheim hoffte Juna, dass sie sich nicht mit einem Floß auf das offene Meer begeben mussten, doch es tauchte kein Schiff am Horizont auf, und auch kein Flugzeug, weder am nächsten Tag noch an den folgenden. Niemand hatte ihr Signalfeuer gesehen und niemand würde kommen, um sie zu retten, das wusste Juna. Und Finn wusste es ebenso. Sie sprachen nicht darüber. Sich auf die Aufgaben zu konzentrieren, die vor ihnen lagen, half ihnen, die Sorgen zu vergessen.

Jeder Morgen begann damit, dass sie die Insel nach Baumstämmen für ihr Floß absuchten. Weil nur festes, trockenes Holz genug Auftrieb hatte und vieles davon bereits für das große Signalfeuer verbraucht worden war, mussten sie tief in den Dschungel hinein. Anstrengend und schweißtreibend war das, zugleich aber auch schön, denn Juna konnte das Ergebnis ihrer Mühen jeden Abend am wachsenden Holzstapel sehen. Schon nach wenigen Tagen hatten sie genug Material gesammelt, dass es für ein stattliches Floß reichte. Jetzt galt es, Seile zu produzieren, um die Konstruktion zusammenbauen zu können.

»Das ist Kinderkram. Ich weiß, wie man Seil flicht«, posaunte Finn heraus.

In Wahrheit hatte er keine Ahnung. Seine ersten Versuche waren so kümmerlich, dass sich Juna den Bauch hielt vor Lachen. Zum Glück war Finn nicht empfindlich. Er fühlte sich an seinem Ehrgeiz gepackt und probierte stundenlang herum, bis er aus Flachs und trockenem Gras einen Strick flechten konnte, der stark genug war, dass er damit einen vollen Wasserkanister emporheben konnte.

»Ist das fest genug, kleine Schwester?«, fragte er stolz.

Juna lachte und ließ sich von ihm erklären, wie er das geschafft hatte.

Das Floß an Land zu bauen, hatte keinen Sinn. Es wäre viel zu schwer gewesen, um es anschließend ins Wasser zu transportieren. Juna und Finn entschlossen sich, es in ihrer Lagune zu konstruieren und es später über den seichten Uferstreifen ins Meer zu ziehen. Fleißig schleppten sie alles herbei und zurrten es mit ihren selbst gemachten Seilen zusammen.

Blue hatte schnell kapiert, dass die beiden Menschenkinder etwas Besonderes vorhatten. Sooft es ging, schwamm er an die Küste heran und beobachtete das Treiben neugierig. Hin und wieder sprang er aus dem Wasser und klatschte laut hinein, als wollte er Juna zurufen: »Ich bin hier und warte auf dich! Wo bleibst du?«

Meist musste ihn Juna vertrösten: »Jetzt nicht, Blue. Vielleicht später!«

Hin und wieder beschloss sie aber auch, dass es Zeit war für eine Pause. Dann rannte sie ins Meer und plantschte mit Blue herum, bis Finn sie wieder zur Arbeit rief.

Abends, wenn es dunkel wurde, saßen die beiden vor dem Feuer und flochten Seile. Sie hatten ihre Reuse repariert und genug Fisch gefangen, um erst einmal auf geröstete Spinnen verzichten zu können. Während ihr Fang über dem Feuer brutzelte, erzählten sie sich Geschichten von zu Hause. Juna sprach über das Leben in der Stadt, das sie sehr liebte, weil die Straßen voller Menschen waren, voller Lärm und Geschichten. Finn, der mit seinem Vater auf dem Land lebte, erzählte vom Duft frisch gemähten Grases und den Farben der Felder und Wiesen, die im Wechsel der Jahreszeiten mal grün, mal gelb und manchmal sogar rot waren, wenn im Spätsommer die Mohnblumen blühten.

Das alles schien so unendlich weit weg, dass es wehtat.

Eines Abends sagte Finn: »In unserem Dorf gibt es ein Stück Wald, das gehört mir. Naja, es gehört mir nicht wirklich. Aber dort ist niemand außer mir. Deshalb ist es mein Wald. Ich habe ein Lager dort. Und den größten Baum, den du dir vorstellen kannst. Viel größer als alle anderen in der Umgebung. Wenn ich allein sein will, dann klettere ich da hinauf, bis ganz nach oben in den Wipfel. Von dort aus siehst du die ganze Welt. Dann wirst du plötzlich ganz klein. Und alle deine Probleme werden es auch.«

Juna hatte keinen Baum, auf den sie klettern konnte. In ihrer Stadt gab es so was nicht.

»Ich könnte nicht auf dem Land leben. Das wäre mir viel zu einsam«, sagte sie.

»Das hat Mama auch immer gesagt. Eigentlich ist sie nur wegen Papa mitgekommen. Sie hat unser Dorf von Anfang an gehasst.«

Er nestelte an seiner Brille. Das tat er immer, wenn er sich hilflos fühlte. Er hatte noch nie über die Trennung seiner Eltern gesprochen. Juna wusste nicht, ob es ihm recht war, das Thema zu vertiefen, aber da die Tür nun mal offen stand, ging sie hindurch.

»Hat sie deinen Papa deshalb verlassen? Weil sie es auf dem Dorf nicht mehr ausgehalten hat?«

Finn schüttelte den Kopf und seine Locken wippten hin und her. »Früher, als ich noch klein war, haben sie viel miteinander gesprochen. Auf den Fotos sieht man sie immer lachen. Aber das wurde weniger und weniger. Irgendwann haben sie kaum noch gelacht. Und bald auch nur noch das Nötigste geredet. Seit einem Jahr dann gar nicht mehr. Ich schätze, sie haben sich einfach nicht mehr so gemocht.« Er hielt inne und blickte ins Feuer. »Wie war das bei deinen Eltern?«

»Eines Morgens war Papa einfach weg«, sagte Juna.

Es tat schrecklich weh, darüber zu reden; ein dumpfer, verborgener Schmerz, der sich tief in Junas Herz eingenistet hatte und immer irgendwie da war, selbst hier draußen am Ende der Welt.

»Einfach so?«, fragte Finn.

»Einfach so«, sagte Juna.

»Und du hast nichts gemerkt? Hat er sich nicht einmal von dir verabschiedet?«

Juna schüttelte den Kopf.

»Hast du denn noch Kontakt zu ihm?«, fragte Finn.

»Nein. Sein Telefon, seine Adresse, sein Büro, alles ist weg. Die neue Telefonnummer hat er mir nicht mehr gegeben. Ich glaube, er will mich nicht mehr sehen.«

»Ist er vielleicht … du weißt schon … tot?«, fragte Finn vorsichtig.

»Bestimmt nicht. Sein Anwalt macht Mama das Leben schwer«, sagte Juna.

Sie legte das Seil beiseite, das sie geflochten hatte, und zog die Knie an den Körper. Sie rollte sich zusammen wie ein Igel. So saß sie neben Finn und blickte auf das Meer hinter der Lagune. Der Mond warf ein silbriges Funkeln auf die Wellen.

»Meine Oma hat immer gesagt, dass in manchen schlechten Dingen auch etwas Gutes ist, selbst wenn wir es nicht sofort sehen«, sagte sie leise.

»Glaubst du denn, dass sie recht hat?«

Juna musste nicht lange überlegen. »Ach nein. Das ist doch alles Quatsch, um sich selbst etwas schönzureden.«

»Deine Oma hat bestimmt ein paar üble Sachen in ihrem Leben erlebt. Vielleicht weiß sie es besser«, gab Finn zu bedenken.

So hatte Juna es noch nie betrachtet.

Finn berührte sie tröstend. »Nicht traurig sein, Juna. Wir bauen unser Floß und dann verschwinden wir von dieser verfluchten Insel.«

Ihre Stimmung hellte sich wieder ein wenig auf. Sie sah ihn an: »Was glaubst du, wie lange brauchen wir, um das Licht zu erreichen, das wir vom Berg aus gesehen haben?«

»Keine Ahnung. Die Entfernung ist ziemlich groß. Aber bei günstigen Winden und der richtigen Strömung … vielleicht schaffen wir es an einem Tag.«

»Ein Tag, ja?«

»Naja, ich bin kein Seemann. Vielleicht auch zwei Tage. Aber länger bestimmt nicht. Wenn wir das Floß morgen fertigbekommen und das Wetter gut ist, dann könnten wir in drei Tagen wieder in der Zivilisation sein …«

»… in schönen, weichen Betten schlafen«, sagte Juna.

»… eisgekühlte Cola trinken«, lachte Finn

»… frisch gewaschene Wäsche anziehen.«

»… auf dem Sofa liegen und fernsehen.«

»… und endlich wieder unsere Eltern sehen.«

Der Gedanke gab Juna so viel Kraft, dass sie am liebsten sofort aufgesprungen wäre, um das Floß noch in dieser Nacht fertig zu bauen. Finn ging es ähnlich. Sie tauschten ein Lächeln. Dann gähnte Finn. Er ging zur Höhle.

»Ich lege mich schlafen. Kommst du auch?«

»Ich bleibe noch ein bisschen hier draußen.«

»Na dann. Schlaf gut.«

»Du auch, Finn. Träum was Schönes.«

Juna legte sich ans Feuer. Sie wollte noch etwas wach bleiben und die Stille genießen. Doch ihre Müdigkeit war stärker. Sie schlief auf dem Felsplateau ein.

Nach einer kurzen Nacht riss rollender Donner sie aus ihren Träumen. Juna spürte Regentropfen im Gesicht. Sie öffnete die Augen und sah in einen dunkelgrauen Morgenhimmel. Ein Sturm kündigte sich an.

»Guten Morgen, Schlafmütze«, sagte Finn, der bereits am Feuer saß und eine Kokosnuss zerlegte. »Sieht übel aus, das Wetter, was?«

Erinnerungen an den ersten Sturm kehrten zurück. Juna war sofort hellwach und auf den Beinen »Schnell, wir müssen alles in die Höhle räumen, Finn!«

Finn reichte ihr ein Stück Kokosnuss. »Wird nicht so schlimm werden. Siehst du, da hinten wird der Himmel schon wieder blau.«

Juna blickte hinaus aufs Meer. Die Sonne hatte ein Loch in die graue Wolkendecke gerissen und warf einen unwirklichen Schimmer auf das Meer. Das Gewitter wanderte weiter, bevor es seine zerstörerische Kraft entfalten konnte. Sie hatten nichts zu befürchten. Und dennoch gab der Anblick Juna zu denken.

»Das Wetter wird jetzt jeden Tag etwas schlechter, merkst du das auch? Die Stürme kommen immer häufiger.«

Nachdenklich starrte Finn in den Himmel. Regentropfen plitschten auf seine Brillengläser. »Vielleicht ist der Sommer hier zu Ende. Wenn der Herbst beginnt, wird es auf der Insel bestimmt ungemütlich.«

»Wir fahren besser, solange das Meer noch ruhig ist«, sagte Juna.

Sie dachte an Blue und was wohl aus ihm werden würde, wenn sie fortging. Sie verdrängte den Gedanken. Es half jetzt nicht weiter, sich mit Sorgen zu zermürben. Sie mussten das Ziel vor Augen behalten.

Nach dem Frühstück kletterten sie ans Ufer der Lagune und bauten an ihrem Floß weiter. Es nahm langsam Gestalt an und sah aus wie ein wild zusammengeschnürter Haufen Baumstämme, der von blauen Plastiktonnen stabilisiert wurde. Ein abenteuerliches Gebilde, aber es schwamm. Während Finn das Segel und ein Steuerruder befestigte, baute Juna ein Dach aus Zweigen und Plastiktüten, das ihnen Schutz vor der sengenden Sonne bieten würde. Zuletzt befestigten sie mehrere Flaschen mit frischem Trinkwasser und einen Korb für die Essensvorräte am Floß. Sie arbeiteten ohne Unterlass und vergaßen sogar das Mittagessen. Als sich der Tag dem Ende zuneigte und der Hunger quälend wurde, betrachteten sie ihr Werk mit stillem Stolz.

»Fertig«, sagte Finn.

Juna lächelte müde. Morgen würden sie die Insel verlassen und mit etwas Glück den Weg nach Hause finden. Endlich.

Zerbrochen

In dieser Nacht bekamen beide kein Auge zu. Juna wälzte sich hin und her. Ihre Gedanken wollten einfach nicht zur Ruhe kommen. Die Hoffnung auf Rettung und ein Wiedersehen mit ihrer Mutter sorgten für ein wohliges Kribbeln in ihrem Bauch. Zugleich hatte sie Angst; sie würden sich aufs offene Meer hinausbegeben, mit nichts als den Kleidern an ihrem Leib, ein paar Vorräten und einem Haufen Baumstämme unter ihren Füßen. Jeder Sturm, jede hohe Welle, jede falsche Strömung konnten ihr Ende bedeuten. Und was, wenn das Licht, das sie gesehen hatten, nur eine Täuschung war und ins Nirgendwo führte? Die See war endlos hier draußen. Zwei Kinder auf einem Floß waren so verloren wie ein Sandkorn in der Wüste.

Juna konnte nicht länger ruhig liegen. Sie kroch aus der Höhle und sah die Morgensonne aufsteigen. Das Meer war ruhig, als träumte es noch.

»Der Tag ist perfekt«, sagte Finn, der ebenfalls wach geworden war und seine müden Glieder streckte. »Keine Wolke weit und breit.«

»Dann ist es beschlossen. Wir werden die Insel heute verlassen?«, fragte Juna mit klopfendem Herzen.

Finn machte ein ernstes Gesicht. »Nur wenn du

es auch willst. Wir müssen das gemeinsam entscheiden.«

Juna musste nicht lang überlegen. Welche Alternative hatten sie schon? Mit jedem Tag, den sie länger blieben, stieg das Risiko für heftige Unwetter.

Sie atmete durch und sagte: »Lass uns fahren.«

Finn nickte. »Worauf warten wir dann noch?«

Sie kletterten zu ihrer Lagune. Finn hatte das Floß an einen Baum gebunden. Jetzt war es an der Zeit, es ins Meer zu befördern. Er löste den Strick. Mit aller Kraft zogen und schoben sie die schwere Konstruktion durch das flache Wasser hinaus in den Ozean. Wellen spülten dagegen und brachten es zum Schaukeln. Juna hielt das Floß fest, damit Finn es mit dem Seil an einer Palme befestigen konnte. Sie spürte, dass jemand sie keck in die Seite stupste.

»Blue, du bist wach!«, rief sie.

Der junge Delfin streckte seine Schnauze aus dem Wasser und pfiff fröhlich.

Das Floß war festgebunden, Juna konnte es loslassen. Sie lief ein paar Schritte ins Wasser und streichelte Blue. Er gab aufgeregte Klicklaute von sich und berührte sie sanft mit seiner Schnauze. Juna war sehr froh, ihn zu sehen. Zugleich wurde ihr Herz schwer.

»Es ist so weit, Blue. Heute verlassen wir die Insel.«

Blue schüttelte sich und spritzte sie nass. Er wollte spielen.

»Ich kann heute leider nicht mit dir schwimmen«, sagte sie und spürte einen dicken Kloß im Hals. »Heute müssen wir uns Lebwohl sagen.«

Blue stupste sie mit seiner Nase an. Juna streichelte seine Schnauze und gab ihm einen Kuss auf den Kopf.

»Ich wünschte, du könntest mit uns kommen, weißt du. Aber dort draußen ist es viel zu gefährlich für dich. Du bist noch klein. Und vielleicht kommt deine Familie ja irgendwann zurück. Besser, du bleibst in der Nähe der Insel.«

Blue spürte Junas Traurigkeit. Mit sanften Flossenschlägen umkreiste er sie und ließ es zu, dass sie ihre Finger über seine Rückenflosse streichen ließ. Vielleicht war das seine Art, sich zu verabschieden.

»Juna!« Finn stand am Ufer und winkte. »Wir müssen uns beeilen!«

»Ich komme!«, rief Juna. Noch einmal berührte sie Blues feste, seidige Haut, dann riss sie sich los und watete zurück ans Ufer.

»Pass auf dich auf, mein Blue«, sagte sie leise und schluckte eine Träne hinunter.

Blue folgte ihr, bis das Wasser zu flach wurde. Noch einmal zog er einen Kreis, dann schwamm er zurück aufs offene Meer.

Finn bemerkte Junas Traurigkeit. »Alles in Ordnung?«

Sie wollte jetzt nicht darüber reden und nickte nur.

»Wir sollten uns aufteilen«, schlug Finn vor. »Du holst

die Sachen aus der Höhle. Vor allem den Kompass, den dürfen wir auf keinen Fall vergessen. Ich besorge die Vorräte. Wir sollten so viel mitnehmen wie möglich, falls unsere Reise länger dauert als geplant.«

»Also los!«, sagte Juna.

Sie rannte zur Lagune und kletterte auf das Felsplateau. Ihre Höhle hatte ihnen in den letzten Wochen Schutz und Sicherheit geboten. Sie war so etwas wie eine Heimat geworden. Es fühlte sich seltsam an, das alles zurückzulassen. Rasch sammelte sie die Dinge ein, die ihnen von Nutzen sein konnten, und packte sie in einen Sack, den sie aus einem alten T-Shirt genäht hatte. Sie vergewisserte sich, dass sie Messer, Taschenlampe und Kompass bei sich hatte und warf noch einen letzten, wehmütigen Blick zurück.

»Danke, liebe Höhle. Ohne dich hätten wir es nicht geschafft.«

Mit der Tasche über der Schulter kehrte sie zurück ans Ufer und verstaute alles auf dem Floß. Sie war bereit. Nur Finn fehlte noch.

»Finn!«, rief sie. »Finn, wo bist du?«

Keine Spur von ihm.

Juna wusste, dass er nicht weit sein konnte. Sie rannte am Strand entlang, bis sie ein Klopfen hören konnte. Finn war auf eine Palme geklettert. Er hing in einigen Metern Höhe am Stamm und schlug mit einem langen Stock auf die Kokosnüsse ein, die wie kopfgroße Trauben zwischen den Blättern hingen. Weil sein Arm zu kurz war, verfehlte er sie immer wieder und traf nur den Stamm.

»Finn, was machst du da oben? Wir haben doch mehr als genug Kokosnüsse. Komm runter.«

Finns Kopf war von der Anstrengung so rot wie eine Tomate. »Ich hab's gleich, Juna. Bin in einer Sekunde da!«

Er streckte sich, so weit er konnte, doch die Früchte waren zu weit oben. Er erreichte sie einfach nicht. »Das hat keinen Sinn!«, schimpfte er wütend und kletterte weiter. Er war jetzt fast im Wipfel der Palme und so hoch, dass Juna schwindelig wurde. Sie konnte kaum hinsehen.

»Lass den Blödsinn, Finn. Komm runter, unser Floß ist bereit und die Strömung ist günstig. Wir können starten!«

Finn dachte nicht daran, aufzugeben. Die Sache war zu etwas Persönlichem geworden. Er wollte sich und der Welt beweisen, dass er es schaffen konnte. Juna sah seine verbissene Miene, die zusammengepressten Lippen und das kämpferische Blitzen in seinen Augen. Sie musste an ihren Vater denken, der mindestens ebenso stur und eigensinnig war.

»Vorsicht jetzt da unten!«, rief Finn und schlug mit voller Wucht auf die Kokosnüsse ein. Eine der grünen Kugeln löste sich und fiel zu Boden.

Finn schrie triumphierend auf und riss seinen Stock in die Höhe. Die Bewegung war zu heftig. Vor Junas entsetzten Augen verlor er das Gleichgewicht. Seine Hände fanden keinen Halt mehr, seine Beine rutschten vom Stamm ab. Sein Stock fiel herunter und brach entzwei. Seine Brille knallte auf einen Stein und zersplitterte. Mit einem dumpfen Schlag landete Finns Körper daneben im Sand.

Juna wollte vor Schreck schreien, doch ihre Lungen waren wie zugeschnürt. Sie brachte keinen Ton hervor. Auf zitternden Beinen rannte sie zu Finn, beugte sich über ihn.

»Finn!«, rief sie mit dünner Stimme. »Oh Gott, Finn. Kannst du mich hören? Sprich mit mir, Finn!«

Er stöhnte leise und verlor das Bewusstsein. Juna erschrak, als sie sein Gesicht sah. Es hatte jede Farbe verloren. Seine Lippen waren weiß wie Schnee. Sie tätschelte seine Wangen und versuchte, ihn aufzuwecken. Ein Gefühl von Hilflosigkeit überkam sie. Sie hatte keine Ahnung, was sie jetzt tun sollte. Jeder falsche Handgriff konnte fatale Konsequenzen haben. Untätigkeit konnte allerdings noch schlimmer sein. Nie zuvor hatte sie sich so verlassen gefühlt. Tränen brannten in ihren Augen und machten sie blind.

»Finn! Finn, du darfst jetzt nicht sterben. Ich schaff das nicht allein, Finn! Du musst bei mir bleiben. Bitte, bitte bleib bei mir.«

Finn zeigte keine Regung. Juna prüfte seinen Puls, der raste wie ein Schnellzug. Irgendetwas musste sie tun. Sie musste ihn wecken. Benommen fegte sie sich die Tränen aus den Augen, rannte zum Floß und riss das erstbeste Gefäß an sich. Sie füllte es mit Meerwasser.

»Du musst aufwachen. Wach auf!«, rief sie.

Sie schüttete Finn das Wasser ins Gesicht. Er kam zu sich und stöhnte leise.

»Juna …«

Es war so schön, seine Stimme zu hören, dass sie am liebsten geschrien hätte. Sie ging vor ihm in die Knie und bemühte sich um ein Lächeln.

»Finn! Du hast mir einen riesengroßen Schreck eingejagt. Aber jetzt wird alles gut.«

Finn öffnete die Augen. Sie waren gläsern und wanderten orientierungslos über sie hinweg.

»Wo ist meine Brille?«, fragte er schwach.

Juna blickte zu dem Stein. Ihr Herz sank, als sie sah, dass die Brille vollkommen zerstört war. Beide Gläser waren in kleine Teile zersplittert. Nur das Gestell war noch intakt.

»Sie ist kaputtgegangen.«

»Totalschaden?«

»Nichts zu machen. Tut mir leid.«

Finn unterdrückte einen Fluch und wollte sich aufsetzen. Juna eilte ihm zu Hilfe und griff ihm vorsichtig unter die Arme. Er schrie vor Schmerz. Sofort ließ sie ihn wieder los.

»Wo tut es weh?«

»Mein Bein …«

Juna nahm sein rechtes Bein in Augenschein. Es war kein Blut zu sehen, wohl aber eine seltsame Beule, die dort nicht hingehörte. Sie ahnte Schlimmes und schnitt die Hose mit einem Messer auf. Der Anblick raubte ihr den Atem. Finns Schienbein war in der Mitte gebrochen. Der Knochen hatte einen hässlichen Knick hinterlassen, der sich unter der Haut hervorwölbte, und das Bein hing in einem unmöglichen Winkel zur Seite ab.

Finn blinzelte. Ohne Brille war er blind wie ein Maulwurf. »Sieht es so schlimm aus, wie es sich anfühlt?«

Juna suchte nach Worten. »Nein«, log sie. »Das Bein ist gebrochen. Aber zum Glück kein offener Bruch. Wir müssen dir nur eine Schiene verpassen.«

Finn lachte schmerzerfüllt. »Eine Schiene … vielleicht fragst du Blue, der kann dir bestimmt ein Schiffswrack zeigen, in dem wir so was finden.«

»Wir haben noch etwas Seil in der Höhle. Ich hole es, und dann bauen wir etwas, um dein Bein zu stützen. Du wirst sehen, wir sind in Nullkommanichts hier weg.«

Sie rannte los, ohne seine Antwort abzuwarten. Ihre Hände zitterten so stark, dass sie es kaum schaffte, den Felsen zu erklimmen, der zu ihrer Höhle führte. Sie durfte jetzt nicht die Nerven verlieren. In Situationen wie diesen hieß es einen kühlen Kopf zu bewahren. Es war schließlich nur ein dummer Bruch. So etwas war heutzutage kein Problem mehr. Wenn Finns Bein erst einmal anständig versorgt war, konnte er sicher mit ihr zusammen aufs Floß.

Rasch kramte sie die Reste des Seils zusammen und suchte zwei feste Zweige, die sie mit nervösen Händen auf die passende Länge sägte.

Als sie zu Finn zurückkehrte, hatte er wieder etwas Farbe im Gesicht und schien voll bei Sinnen. Juna schöpfte Hoffnung, dass es vielleicht tatsächlich nicht so schlimm war, wie es aussah.

Er blinzelte. »Juna? Ich sehe nicht richtig. Was hast du da mitgebracht?«

»Seil und ein paar Zweige. Wäre doch gelacht, wenn wir dich nicht wieder hinkriegen.« Sie setzte sich neben sein gebrochenes Bein und legte alles parat. »Das wird jetzt bestimmt ein bisschen wehtun.«

»Was hast du vor?« Seine Stimme zitterte wie Espenlaub. Er hatte große Angst.

»Ich schiene den Bruch, damit der Knochen wieder gut verheilen kann.«

»Kennst du dich denn mit so was aus?«

»Ich hab schon mal zugesehen«, sagte sie. Das war nur halb gelogen. Sie hatte tatsächlich mal gesehen, wie ein Arm eingegipst wurde, allerdings in einer billigen

Fernsehserie. Davon wollte sie Finn lieber nichts erzählen.

»Sei vorsichtig, ja?«, bat Finn.

»Ganz ruhig, großer Bruder. Du musst mir ein bisschen vertrauen. Vertraust du mir?«

Finn sah sie an. »Bis ans Ende der Welt.«

Juna fühlte Stolz und dachte bei sich, wie schön es war, einen Bruder wie ihn zu haben. Sie berührte seine Wange.

»Beiß fest die Zähne zusammen, ja?«

Finn schloss die Augen und nickte.

Mit klopfendem Herzen schob Juna die beiden zurechtgesägten Äste neben sein Bein und legte die Seile parat. Dann kam der Moment, vor dem sie sich fürchtete: Sie musste das gebrochene Bein begradigen. Sie hielt ihre Hand über die Wölbung des Bruchs, sah ihre zitternden Finger, hörte Finns nervösen Atem und spürte die Angst in sich aufsteigen.

Jetzt oder nie.

Sie packte das Bein und drückte den Knochen zurecht. Finn schrie kurz auf und sackte dann in sich zusammen wie eine Marionette, deren Fäden durchgeschnitten worden waren. Er wurde ohnmächtig.

»Es tut mir leid«, sagte sie leise.

Finn spürte nichts mehr. Juna nutzte die Gelegenheit, ihm schnell und schmerzlos das Bein zu schienen. Rasch ging sie zu Werke und war froh, dass er von alldem nichts mitbekam. Nach wenigen Augenblicken war das Bein fest zwischen den zwei Ästen verschnürt und gestützt. Nicht so gut wie ein richtiger Gips, aber es würde gehen, hoffte Juna. Es musste irgendwie gehen. Schließlich wollten sie noch heute von der Insel weg.

In tiefster Dunkelheit

Die Sonne wanderte hinter einem wolkenverhangenen Himmel zum Zenit und von dort aus weiter Richtung Horizont. Stunde um Stunde verging, ohne dass Finn die Augen öffnete. Juna hielt seine Hand und beobachtete seinen Brustkorb, der sich mit jedem Atemzug sanft hob und senkte. Sie spielte mit dem Gedanken, ihn aufzuwecken und zum Floß zu bringen, verwarf ihn aber gleich wieder. In seinem Zustand konnte ein wenig Schlaf nicht schaden, selbst wenn das bedeutete, dass ihre Abreise noch etwas warten musste.

Der Abend näherte sich und frischer Wind kam auf. Die Brandung wurde stärker. Wellen schlugen gegen die blauen Plastiktonnen des Floßes und rissen es hin und her. Juna hoffte nur, dass die Seile hielten. Sie hörte ein Husten und sah zu Finn.

»Du bist wach!«

Sie setzte ihm eine Flasche mit Wasser an die Lippen und gab ihm vorsichtig zu trinken. Er nippte kleine Schlucke und fand die Kraft, sich aufzusetzen. Vorsichtig tastete er nach seinem gebrochenen Bein. Ein Lächeln huschte über sein Gesicht.

»Du hast es echt geschafft. Du hast den Bruch geschient.«

»Meine leichteste Übung. Kannst du aufstehen?«, fragte Juna.

»Ich kann es versuchen.«

Juna sprang auf und reichte ihm die Hand. »Komm schon. Ganz vorsichtig.«

Er hielt sich an ihr fest und kämpfte sich mit schmerzverzerrtem Gesicht auf die Beine. Er stand etwas wackelig auf nur einem Fuß, aber er stand. Sie probierten ein paar Schritte. Finn hielt sich an Juna fest und humpelte am Strand entlang. Juna dirigierte ihn und gab sich zuversichtlich: »Du wirst sehen, du kannst bald wieder herumspringen wie eine Bergziege.«

Sie wusste, dass sie sich etwas vormachte. In diesem Zustand konnte Finn unmöglich auf dem Floß fahren, schon gar nicht, wenn es wild auf den Wellen tanzte. Heute würden sie ihre Insel ganz bestimmt nicht verlassen.

»Es wird windiger. Vielleicht sollten wir lieber morgen starten«, schlug sie vor.

Finn nickte erleichtert. »Ich glaube nicht, dass ich mit dem Bein zu unserer Höhle klettern kann. Du kannst dort schlafen. Lass mich einfach hier am Strand.«

»Das würde dir so passen, was? Nichts da, ich bleibe bei dir.«

Juna sah zum Himmel, der klar und wolkenlos war. Die Nacht würde gewiss kalt werden. Sie brachte Finn zu einer Stelle am Waldrand. Sie lag geschützt im Windschatten eines Felsens. Finn war dankbar, nicht weiterzumüssen. Geschwächt sank er in den Sand.

»Ich schlafe ein bisschen, ja? Wäre das in Ordnung?«, fragte er schwach.

Im selben Augenblick war er auch schon eingeschlafen.

Juna spürte, wie sich ihre Brust zuschnürte. Finns Zustand war ernster, als sie gedacht hatte. Sie durfte jetzt nicht verzweifeln, sie musste für ihn kämpfen. Als Erstes baute sie ein Dach aus Zweigen und Blättern, das ihm ein wenig Schutz vor Wind und Kälte bot. Sie kehrte zum Felsplateau ihrer Höhle zurück und stocherte in den Überresten des Lagerfeuers herum. Wenn die Asche frisch genug war, fand sich stets etwas Glut darin. Dieses Mal kam sie zu spät. Die Asche war schon längst erkaltet und nutzlos. Da Finns Brille zerstört war, konnte sie ihr nicht länger als Brennglas dienen. Zumindest in dieser Nacht würden sie ohne Feuer auskommen müssen.

Juna suchte alles an Kleidung zusammen, was sie finden konnte, und baute Finn am Strand ein warmes Lager. Sie legte Flaschen mit Wasser parat, falls er Durst hatte, und schlug mehrere Kokosnüsse auf, falls er Hunger bekam. Dann sank sie müde an seiner Seite in den Sand und blickte hinaus aufs Meer. Die Sonne ging bereits unter, Dunkelheit kroch über die Insel.

Finns Zustand verschlechterte sich rapide. Juna hörte ihn leise stöhnen und legte ihm die Hand auf die Stirn.

Er bekam Fieber. Albträume plagten ihn. Er warf seinen Kopf hin und her und sprach im Schlaf. Juna machte sich schreckliche Sorgen um ihn. Die Nacht war finster und schien kein Ende zu nehmen. Als sich am Horizont das erste Tageslicht mit sanftem violettem Schimmer ankündigte, kam es ihr vor wie ein Traum.

Schließlich fand sie selbst etwas Schlaf. Finn weckte sie, als er um Wasser bat. Juna war sofort bei ihm und setzte ihm die Flasche an den Mund. Sein Fieber war etwas gesunken. Dafür schwoll sein Bein langsam an.

Juna bot ihm etwas zu essen an. »Wie wäre es mit Frühstück?«, fragte sie.

Er hustete leise. Als er ihr sorgenvolles Gesicht bemerkte, gab er sich stark. »Was empfiehlt die Küchenchefin denn heute?«

Es tat gut, ihn scherzen zu hören.

»Wie wäre es mit frischem Croissant, Toast und Ei?«, fragte sie.

»Gibt's auch Speck dazu?«

»Haufenweise. Und frisch gepressten Orangensaft.«

»Das bitte zweimal.«

»Kommt sofort«, sagte Juna.

Er bemühte sich um ein Lächeln und sank sofort wieder auf sein Lager. Juna hielt ihm etwas Kokosfleisch an den Mund, aber Finn drehte den Kopf zur Seite. Allein der Geruch der Kokosnuss schien Übelkeit in ihm auszulösen.

»Aber du musst etwas essen, Finn.«

»Später vielleicht. Ich kriege gerade keinen Bissen runter.«

Er legte sich hin und war kurz darauf wieder eingeschlafen.

Juna betrachtete ihn, und eine schreckliche Erkenntnis reifte in ihr: Finn war zu schwach, um die Insel verlassen zu können. Und ohne ärztliche Hilfe würde sich sein Zustand weiter verschlechtern, mit unabsehbaren Folgen.

Damit er nicht sehen konnte, wie sie weinte, ging sie zum Meer, um zu schwimmen. Klares blaues Wasser umspülte sie und riss sie mit sich. Blue schien sie bereits erwartet zu haben. Er vollführte einen übermütigen Sprung und kreiste um sie herum. Dann bemerkte er ihre Tränen. Seine Schnauze berührte sie.

»Ich weiß einfach nicht, was ich tun soll, Blue«, schluchzte Juna. »Finn braucht dringend Hilfe. Wenn ich hierbleibe und nichts unternehme, wird es vielleicht ein schlimmes Ende mit ihm nehmen. Aber allein lassen kann ich ihn auch nicht, das wäre viel zu gefährlich.«

Blue strich um sie herum und berührte sie liebevoll mit seinen Flossen, als wollte er sie aufmuntern und ihr sagen, dass sie sich nicht zu viel Sorgen machen sollte.

»Ich weiß, du willst helfen, Blue. Aber hier kannst du nicht helfen …« Sie hielt inne. Eine Idee überkam sie. »Warte, Blue. Vielleicht kannst du doch etwas tun.«

Sie rannte zurück an den Strand. Blue gab aufgeregte Pfiffe von sich.

»Ich bin gleich wieder bei dir«, rief Juna. »Schwimm nicht zu weit weg, ja? Ich glaube, ich weiß wie wir Finn retten können.«

Ein verzweifelter Plan

Juna riss das Floß auseinander. Sie entfernte die blauen Plastiktonnen und das Seil, bis sämtliche Einzelteile auf dem Wasser trieben. Rasch suchte sie die besten Holzstücke zusammen und fertigte daraus ein neues Floß. Es war deutlich kleiner, gerade groß genug, dass eine Person darauf liegen konnte, und es glich eher einem Surfbrett als einem richtigen Floß. Da war kein Platz mehr für Vorräte oder Sonnenschutz, dafür war es wendiger und schneller.

Finn bemerkte nichts von alledem; er schlief tief und fest. Rasch füllte Juna seine Wasservorräte auf und legte ihm etwas zu essen parat. Dann kratzte sie eine Botschaft in die trockene Erde:

Finn, mein großer Bruder,
ich hole Hilfe! Bitte hab keine Angst. Wir gehen nach Hause und dann musst du mir deinen Baum zeigen. Da klettern wir hoch, bis in den Wipfel. Ich kann's kaum erwarten.
Ich bin bald zurück. Das verspreche ich dir.
Deine kleine Schwester
Juna

Sie warf einen traurigen Blick auf ihn. Finns Haut war bleich, seine lockigen Haare nur noch schmutzige Strähnen. Tiefe Ringe hatten sich unter seine Augen gegraben und seine Hände, sonst stark und sehnig, wirkten plötzlich schmal und zerbrechlich. Juna gab ihm einen Kuss auf die Wange und verließ ihn.

Das Meer war unruhig. Meterhohe Wellen türmten sich auf und rauschten donnernd gegen den Strand. Juna konnte ihr Floß nicht sehen und fürchtete schon, es habe sich losgerissen. Zum Glück hatte es sich nur versteckt und tanzte auf den Wellen. Sie watete durch die Brandung, mit nichts außer der Kleidung am Leib, einem Kompass und zwei Plastikflaschen mit Trinkwasser.

Auf das Floß zu klettern, war die erste Herausforderung. Es schwankte und bäumte sich unter ihrem Gewicht auf wie ein bockiges Pferd. Mühsam zog sie sich hoch und entfernte das Seil, das sie mit dem Land verband. Schon konnte sie die Strömung spüren, die sie aufs Meer hinauszog.

Juna blickte zurück und sah ihre Insel kleiner werden. Irgendwo dort am Ufer lag Finn und schlief. Er ahnte nichts von den Gefahren, in die sie sich begab. Sie hatte sich nicht einmal von ihm verabschiedet.

»Es tut mir so leid, Finn«, sagte sie leise. »Wenn es das Licht wirklich gibt, dann finde ich es. Halte durch, großer Bruder. Ich bin bald zurück. Und dann fahren wir nach Hause.«

Sie zog ihren Kompass hervor. Das Licht war in südlicher Richtung gewesen. Diesen Kurs musste sie halten, so gut es eben ging. Sie klemmte den Kompass zwischen die Baumstämme ihres Floßes, so dass sie ihn stets im Blick hatte, und paddelte mit beiden Händen Richtung Süden. Ihre Augen wanderten über das aufgewühlte Meer.

»Blue!«, rief sie. »Blue, wo bist du?«

Blue antwortete nicht. Wenn die See unruhig wurde, war er selten zu sehen. Juna vermutete, dass er dann auf Tauchstation ging. Obwohl Delfine Lungen hatten, waren sie hervorragende Taucher und konnten erstaunlich lange unter Wasser bleiben.

»Blue!«, rief sie noch einmal. »Wo bist du? Ich brauche dich.«

Wind pfiff ihr um die Ohren und die Wellen schaukelten das kleine Floß auf und ab. Von Blue war keine Spur zu sehen. Die Insel fiel immer weiter hinter ihr zurück und war bald so klein, dass sie hinter ihrem Daumen verschwand. Juna hatte so sehr gehofft, dieses Abenteuer nicht alleine überstehen zu müssen. Hier draußen war Blue ihr einziger Verbündeter, ihr einziger Freund. Für die Dauer eines Herzschlags wollte sie umkehren und ihn suchen. Doch dazu war es längst zu spät; ihr Floß war in den Sog der Gezeiten geraten und wurde unaufhaltsam auf das offene Meer hinausgezogen.

Juna legte sich auf den Rücken und starrte hinauf in

den Himmel. Zu Hause hatte sie nie das Gefühl gehabt, den Naturgewalten ausgeliefert zu sein. Im Gegenteil. Die Menschen in der Stadt hatten der Natur ihren Willen aufgezwungen, hatten Straßen und Häuser gebaut und die Wildnis mit ihren Pflanzen und Tieren in kleine Reservate zurückgedrängt. Die Tage auf der Insel hatten Juna gelehrt, wie falsch und arrogant diese Haltung war. Die Menschen waren keinesfalls die Herren der Welt. Sie waren bestenfalls geduldet. Allein auf einem winzigen Floß inmitten der Weite des Ozeans, den Elementen ausgeliefert, wusste Juna, wie klein sie in Wirklichkeit war. Und wie hilflos.

Der weiß betupfte Himmel veränderte sich, die Wolken schoben sich zu bedrohlich wirkenden Türmen zusammen, die wie Fäuste in den Himmel ragten. Hin und wieder schwappte Wasser über den Rand des Floßes. Das langärmlige Shirt und die Jeans, die an den Knien zerschlissen waren, klebten nass an ihrem Körper. Mit klammen Fingern kontrollierte sie den Kompass. Die Strömung hatte sie etwas vom Kurs abgebracht und nach Osten getrieben. Sie ruderte dagegen an.

Plötzlich hörte sie ein Pfeifen neben sich. Ihr Herz hüpfte vor Freude.

»Blue!«

Sie erkannte den weißen Fleck auf der Stirn ihres kleinen Delfinfreundes und hüpfte ins Wasser. Sie wollte Blue in den Arm nehmen und bemerkte fast zu spät, dass ihr Floß sich von ihr entfernte. Rasch schwamm sie hinterher und hielt sich daran fest.

»Mein kleiner Blue, du hast mich also doch gehört?«

Blue beschleunigte mit seiner kräftigen Schwanzflosse und vollführte einen gekonnten Sprung aus dem Wasser, mit dem er Juna nass spritzte. Wenn er sie aufmuntern wollte, war ihm das gelungen. Sie schmunzelte.

»Hey, lass das. Suchst du Streit?«

Blue schwamm wieder zu ihr und streifte sie liebevoll. Juna ließ ihre Fingerspitzen über seine samtige Haut gleiten.

»Danke, dass du gekommen bist. Ich habe mich noch nie in meinem Leben so einsam gefühlt.«

Blue stieß eine Reihe von Klicklauten aus, die fast vorwurfsvoll klangen. Schimpfte er sie etwa, weil sie ihn verlassen hatte? Juna hätte viel dafür gegeben, ihn endlich richtig verstehen zu können. Sie kletterte wieder auf das Floß und packte das Steuerruder.

»Wir haben nicht viel Zeit, Blue. Irgendwo dort draußen muss Land sein. Ich brauche deine Hilfe.«

Blue blieb bei ihr, schwamm an ihrer Seite und vollführte übermütige Kunststücke. Juna dachte, dass sie nicht nur einen großen Bruder gefunden hatte, sondern auch einen kleinen. Sie war froh, ihn bei sich zu haben.

Der große Spiegel

Mit dem Kompass in der einen Hand und einem Paddel in der anderen steuerte Juna weiter nach Süden. Sie hoffte, einen Streifen Land zu sehen, ein Schiff oder ein anderes Zeichen der Zivilisation. Mit der aufkommenden Dunkelheit wurde ihr klar, dass ihr kein Glück beschieden war. Heute würde sie keine Rettung mehr finden. Sie hielt den Kurs, so lange sie konnte. Dann kam die Nacht.

Juna lag auf ihrem Floß und ließ die Hand im Wasser baumeln. Hin und wieder hörte sie ein Plätschern und sah Blue, der tapfer an ihrer Seite blieb. Sie hatte mal gelesen, dass Delfine niemals ganz schliefen; eine ihrer Gehirnhälften war stets wach und aufmerksam. Sie beneidete ihren kleinen Freund um diese Fähigkeit. Ihre Lider waren bleischwer. Sie hätte viel dafür gegeben, ein wenig schlafen zu können.

Wind und Wellen ebbten ab, bis die Stille fast unheimlich wurde. Immer wieder wanderten ihre Gedanken zu Finn. Sie fragte sich, ob er wohl wach war und wie es ihm ging. Leise schickte sie ein Gebet zum Himmel, dass er bei Kräften blieb und nicht die Hoffnung verlor.

Das Floß trieb sanft auf dem Wasser. Das hatte sein

Gutes, denn auf diese Art blieb Juna halbwegs trocken und musste nicht frieren. Zugleich war da ein bedrückendes Gefühl, als ob sie in einem unwirklichen Traum gefangen sei. Irgendwann konnte sie nicht mehr still liegen und setzte sich auf. Durch ihre Bewegung erzeugte das Floß Wellenmuster auf der Wasseroberfläche, die sich immer weiter ausbreiteten. Kurz darauf war das Meer wieder glatt.

Juna beobachtete, wie sich der Himmel aufklarte. Nach und nach traten die Sterne hervor und funkelten wie Diamanten. Der Ozean war zu einem riesigen Spiegel geworden, der mit dem Nachthimmel verschmolz. Alle Grenzen verschwanden und Juna hatte das Gefühl, mitten durch ein gewaltiges Meer aus Sternen zu segeln. Sterne waren über ihr, unter ihr, neben ihr, einfach überall.

Sie hatte sich kaum an dem Anblick sattgesehen, da präsentierte ihr die Natur ein weiteres Schauspiel, das ihr den Atem raubte. Unter der Meeresoberfläche bildeten sich leuchtende Schlieren aus Grün und Blau. Auch Blue zog eine leuchtende Spur hinter sich her. Dort, wo seine Flossen sich bewegten, erwachten winzige, flimmernde Teilchen zum Leben. Das funktionierte auch, als Juna ihre Hand ins Wasser hielt.

Ohne es zu merken, glitt sie hinüber in einen tiefen Schlaf und wurde erst wieder wach, als eine Welle von kaltem, salzigem Wasser über sie hereinbrach. Sie fuhr so schnell hoch, dass sie fast von ihrem Floß gefallen wäre. Es war bereits helllichter Tag. Die Sonne blieb hinter einem grauen Wolkengebräu verborgen. Kalter Wind fegte über das Meer und schaukelte es auf, sodass der Wellengang stärker wurde. Nervös suchte Juna nach einem Zeichen von Blue. Sie sah eine graue Flosse aus dem Wasser ragen und wollte ihren Freund gerade begrüßen, als ihr mit Entsetzen klar wurde, dass der Dorn an der Rückenflosse nicht zu einem Delfin passte. Sie gehörte einem Hai.

Juna hielt den Atem an und legte sich flach auf ihr Floß. Ihre Finger suchten Ritzen und Spalten zwischen den zusammengezurrten Baumstämmen, um sich darin festzukrallen. Der Hai war ein Koloss, größer als zwei ausgewachsene Männer, und umkreiste sie mit der Gelassenheit eines Raubtieres, das sich seiner Beute gewiss war. Er spürte wohl instinktiv, dass Juna auf ihrem Floß hilflos war.

Die Wellen wurden stärker. Juna wurde hin- und hergeworfen wie in einer Achterbahn. Sie durfte jetzt nicht kentern. Nicht, solange der Hai in der Nähe war. Verzweifelt hielt sie nach Blue Ausschau und hoffte zugleich, dass er schlau genug war, sich fernzuhalten.

Der Hai umkreiste das Floß in respektvollem Abstand. Er schien der seltsamen Konstruktion nicht zu trauen. Für einen Augenblick konnte Juna seinen spitz zulaufenden Kopf sehen und die kalten, starren Augen, die darinlagen. Seine Eleganz war Furcht einflößend. Alles, was Juna vor ihm schützte, war ihr klappriges kleines Floß, das auf den Wellen tanzte. Wenn sie jetzt ins Wasser fiel, war sie verloren.

Minuten vergingen, ohne dass der Hai von ihr abließ. Bald spürte Juna Taubheit in ihren Fingern. Sie durfte nicht loslassen. Der Wind wurde stärker und die Wellen immer höher. Der Hai wusste, dass seine Chance früher oder später kommen würde, und kam nun näher. Er verlor seine Scheu und stieß mit seinem schweren Körper gegen das Floß.

»Verschwinde!«, schrie Juna mit brüchiger Stimme.

Genauso gut hätte sie dem Wasser verbieten können, zu fließen. Der Hai folgte seinen Instinkten und ließ sich dabei nicht vom Gebrüll eines jungen Mädchens aus der Ruhe bringen. Er kam näher und versuchte immer häufiger, das Floß umzuschubsen. Es war nur eine Frage der Zeit, bis er sein Ziel erreichte. Juna musste etwas unternehmen. Sie löste ihre rechte Hand und packte das Steuerpaddel.

Der Hai drehte eine Runde und schwamm direkt auf sie zu. Das war Junas Chance.

»Hau endlich ab!«, rief sie und schlug mit aller Kraft zu.

Das Paddel traf den Hai genau auf der Nase. Sein riesiger Körper zuckte und schüttelte sich. Juna fürchtete, ihn wütend gemacht zu haben, und stellte sich auf das

Schlimmste ein. Da geschah ein kleines Wunder: Der Hai gab auf. Er verschwand wieder in der Tiefe.

Juna hatte nicht die Kraft, zu jubeln. Ihre linke Hand war taub, ihre rechte zitterte vor Angst. Sie wagte es vorsichtig, sich aufzusetzen, um Ausschau zu halten. Die Silhouette eines großen Fisches sauste durch das Wasser auf sie zu.

»Blue!«

Der junge Delfin streckte seinen Kopf aus dem Wasser und pfiff aufgeregt. Es sah fast so aus, als ob er ihr zunickte.

Eine Zentnerlast fiel von Juna ab. »Ja, ich habe ihn auch gesehen. Das verdammte Biest wollte mich zum Frühstück verspeisen. Aber dem habe ich's gezeigt. Der wird uns so schnell nicht mehr belästigen.«

Sie hielt ihre Hand ins Wasser und berührte Blue, was dieser sichtlich genoss. Er war ganz allein, so wie sie. Und er brauchte einen Freund, so wie sie.

»Du hast dich vor ihm versteckt, ja? Gut gemacht. Mit ein bisschen Glück haben wir jetzt Ruhe vor ihm.«

Juna nahm den Kompass zur Hand. Das Floß hielt Kurs Richtung Südwesten. Während ihres Schlafs hatte sie sich wahrscheinlich kilometerweit von ihrer geplanten Route entfernt.

»Hast du irgendwo Land gesehen, Blue?«, fragte sie.

Blue erspähte einen Schwarm Fische und tauchte ab, um sie zu jagen. Juna blieb mit ihren Sorgen allein. Sie richtete sich auf, soweit ihr Floß und die hohen Wellen es zuließen, und sah sich um. Über ihr hing ein stahlgrauer Himmel. Um sie herum war nichts als Wasser. Überall Wasser. Zweifel überrollten sie. Es war eine dumme Idee gewesen, Finn allein zu lassen! Sie hätte bei ihm bleiben sollen, bis es ihm besser ging. Vielleicht war inzwischen längst Hilfe eingetroffen.

Vielleicht …

Vielleicht auch nicht.

Juna wusste nicht mehr, was sie noch glauben sollte. Nasse rote Haare klebten überall in ihrem Gesicht, ihre Kleidung war klamm vor Feuchtigkeit und Kälte, sie hatte Hunger und sie war müde. Wie lange konnte sie hier draußen noch überleben mit so wenig Trinkwasser? Zwei Tage? Drei? Selbst dann konnte sie von Glück reden.

Zur Mittagszeit setzte Regen ein. Sie hielt den Mund auf und ließ das kühle Nass auf ihre Zunge tröpfeln. Der Wind wurde etwas schwächer, die hohen Wellen aber blieben. Und Juna bemerkte etwas, das ihr große Sorgen bereitete: Die Seile lösten sich auf. Das Gras, aus dem sie geflochten waren, hatte sich mit Wasser vollgesogen und wurde rissig. Die Baumstämme hingen längst nicht mehr so straff zusammen wie zu Beginn ihrer abenteuerlichen Fahrt. Schon bald hatte sich der erste Stamm gelöst und schwamm davon.

»Nein, nein, nein!«, rief Juna und hielt das Floß verzweifelt mit den Armen umklammert.

Es half nichts. Mit jeder Minute wurde es schwieriger, das klapprige Gebilde zu stabilisieren. Schließlich spülte eine große Welle über sie hinweg und warf sie ins Meer. Als Juna keuchend und hustend ihren Kopf aus dem Wasser streckte, hatte sich ihr Floß in Einzelteile aufgelöst. Mit Tränen in den Augen musste sie mitansehen, wie Baumstämme und Seilstücke auseinandertrieben. Sie klammerte sich am größten Stamm fest. Er hatte nicht genug Auftrieb, um ihr Gewicht zu tragen. Sie musste schwimmen, wenn sie leben wollte.

Blue tauchte neben ihr auf und berührte sie. Juna streichelte ihn.

»Ich hab kein Floß mehr, und hier ist weit und breit kein Land in Sicht. Es ist vorbei, Blue.«

Das schien Blue anders zu sehen. Er stupste sie in die Seite.

Juna schüttelte den Kopf. Wozu noch kämpfen? Es würde das Unausweichliche doch nur hinauszögern.

Blue akzeptierte ihre Entscheidung nicht. Immer wieder stupste er sie. Zuerst in die Seite, wie er es immer getan hatte. Dann in den Rücken. Wieder und wieder, bis es wehtat. Eine Erinnerung durchzuckte Juna: Schon einmal war sie dem Ertrinken nahe gewesen, und schon einmal hatte jemand um sie gekämpft. Die Erkenntnis traf sie wie ein Schlag.

»Du warst das? Du hast mich gerettet?«

Blue schwamm um sie herum und berührte sie mit

seinen Flossen. Er musste nicht »Ja« sagen. Juna konnte ihn auch so verstehen. Tränen schossen ihr in die Augen. Plötzlich kam sie sich sehr dumm vor, so schnell ans Aufgeben zu denken. Blue war von Anfang an bei ihr gewesen. Vielleicht war er es sogar, der sie zu ihrer Insel gebracht hatte, als sie dem Tod näher gewesen war als dem Leben. Er hatte um sie gekämpft. Nun war sie es ihm und Finn schuldig, zu kämpfen. Zumindest das.

»Du hast recht«, sagte sie. »Ich darf jetzt nicht aufgeben. Irgendwann finden wir Land. Ganz sicher.«

Blue drehte ihr seinen Rücken zu, sodass sie sich an ihm festhalten konnte. Sein Körper hatte Kraft, und sein Wille war ungebrochen. Er zog Juna durch das Meer, bis die Abenddämmerung über ihnen hereinbrach und in der Ferne ein Licht zu sehen war.

Die dunkle Insel

Juna konnte ihr Glück kaum fassen. Allen Widrigkeiten zum Trotz hatte sie das Licht gefunden, das sie vom Felsenberg ihrer Insel aus gesehen hatten. Es blinkte rhythmisch, wie das Warnlicht eines Rettungsfahrzeugs.

»Dort vorne, Blue! Dort ist Land. Dort müssen wir hin.«

Blue schwamm, so schnell er konnte. Juna spürte, dass seine Kräfte nachließen. Es fiel ihm zunehmend schwerer, sie zu ziehen. Seine Flossenschläge wurden langsamer, immer wieder brauchte er Pausen. Irgendwann konnte er nicht mehr. Juna streichelte seine Schnauze.

»Danke, Blue. Ich glaube, den Rest schaffe ich alleine. Aber nicht verschwinden, ja? Bleib bei mir.«

Sie ließ von ihm ab und schwamm. Ihre Kleidung zog sie nach unten. Für einen Moment spielte sie mit dem Gedanken, sich auszuziehen, verwarf ihn aber gleich wieder. Sie kämpfte sich weiter, Zug um Zug. Aus dem Zwielicht der aufsteigenden Nacht schälten sich die Umrisse einer Insel heraus. Schon aus der Ferne konnte Juna erkennen, dass es hier Menschen gab. Kleine Baracken schmiegten sich ans Ufer und auf dem Wasser schaukelten mehrere Boote.

Die Entfernung war größer, als sie gedacht hatte.

Junas Arme und Beine schmerzten bereits von der Anstrengung. Sie ging über alle Grenzen hinweg, bis sie so entkräftet war, dass sie kaum noch atmen konnte. Mehrmals musste Blue sie stupsen.

»Ja, Blue. Ein bisschen noch. Nur ein bisschen noch …«

Zug um Zug kam sie näher an die Insel heran. Endlich berührten ihre Füße den sandigen Boden. Mit allerletzter Kraft schleppte sie sich durch die Wellen an den Strand und fiel in den warmen, trockenen Sand. Sie hörte Blues Pfiffe und winkte ihm zu.

»Alles in Ordnung. Ich muss nur kurz ausruhen, Blue.«

Sie durfte nicht lange verharren. Finn ging es schlecht, er brauchte dringend Hilfe. Sie musste die Menschen finden und zu ihm schicken. Sie wollte sich aufstützen, um aufzustehen. Ihre Arme verweigerten ihr den Dienst. Sie waren zu schwach. Juna sah ein, dass es keinen Sinn hatte. Sie erlaubte sich, für eine Minute die Augen zu schließen und ihre Kräfte zu sammeln.

Kurz darauf war sie eingeschlafen.

In ihren Träumen sah sie eine Insel, dunkel wie ein Schatten und bevölkert von Monstrositäten, halb Mensch, halb Hai. Mit messerscharfen Zähnen trachteten sie ihr nach dem Leben. Juna rannte und rannte, bis ein schmerzhafter Knall sie aus dem Schlaf riss.

Erschrocken fuhr sie hoch und sah sich um. Die Nacht war längst vorbei, die Sonne wärmte sie mit ihren ersten, kräftigen Strahlen. Juna lag noch immer am Strand, so wie sie gestern eingeschlafen war. Jeder einzelne Muskel in ihrem Körper schmerzte. Immerhin hatte sie wieder genug Kraft, sich auf die Beine zu kämpfen.

Wieder war ein Knall zu hören, und dieses Mal wusste Juna, was das für ein Geräusch war.

Ein Schuss.

Es klang anders, als sie es aus Filmen und Videospielen gewohnt war. Lauter, härter, brutaler. Das hatte nichts Gutes zu bedeuten.

Juna suchte Deckung im kargen Unterholz und ging vorsichtig näher an das Geräusch heran. Ein weiterer Schuss war zu hören, und dazu das Gelächter von Männern. Juna konnte Baracken aus Holz und Wellblech erkennen, die aus angespültem Strandgut zusammengezimmert worden waren. Ein Feuer flackerte aus einer rostigen Eisentonne und vor einer Veranda leierte ein altes Radio vor sich hin. Das Licht, das sie hierhergeführt hatte, war eine kleine Signallampe auf einem alten Lastkahn.

Juna ging dem Gelächter nach. Hinter der größten Baracke war ein wilder Haufen Männer versammelt. Einige von ihnen trugen Baseball-Kappen oder Stirnbänder, andere abgewetzte Kleidung und fleckige Hosen, die schon seit Monaten nicht gewaschen worden waren. Fast glaubte Juna, den Gestank von Öl und Schweiß zu riechen. Die Männer ließen eine Flasche Schnaps kreisen und fuchtelten mit Pistolen herum. Einer von ihnen, ein kleinwüchsiger Bursche mit einer gewaltigen Lücke zwischen seinen Frontzähnen, stellte Flaschen und Gläser auf eine Kiste. Er hatte kaum die letzte Flasche platziert, da schossen die anderen wild drauflos. Eine Flasche zerplatzte in tausend Teile. Der Kleinwüchsige sprang zur Seite und brüllte. Auch ohne ein Wort zu verstehen, wusste Juna, dass er wüste Flüche ausstieß.

Ihr Herz sank. Sie hatte so sehr gehofft, Hilfe und Beistand auf dieser Insel zu finden. Stattdessen war sie mitten in ein Piratennest gestoßen. Wer auch immer diese Männer waren, sie führten nichts Gutes im Schilde. Sie würden sie wahrscheinlich eher als Geisel nehmen, als ihr zu helfen.

Im Schutz des Dickichts ging sie um die Baracken herum und versuchte die Lage zu sondieren. Sie erspähte einen weiteren Mann, der seinen Hut tief in die Stirn gezogen hatte und in einer Hängematte döste. Im Raum hinter ihm war ein baumlanger Kerl mit dickem Bauch und dürren, schulterlangen Haaren über eine Computertastatur gebeugt. Hinter ihm blinkte ein Funkgerät.

Junas Puls beschleunigte sich. Das konnte ihre Rettung sein! Wenn es ihr gelang, einen Hilferuf abzuschicken, stiegen ihre Chancen gewaltig. Was sie jetzt brauchte, war ein guter Plan. Und etwas Nahrung, denn sie hatte mörderischen Hunger und Durst.

Das Gelächter der Männer wurde mit jedem Schluck Schnaps lauter. Sie veranstalteten einen Heidenlärm. Wahrscheinlich hätten sie es nicht einmal bemerkt, wenn eine Herde Elefanten durch ihr Lager getrampelt wäre. Juna nutzte die Gelegenheit und spähte die Vorratskammer aus, die sich in dem einzigen gemauerten Gebäude befand. Angeschlossen an einen alten Dieselgenerator war dort auch ein Kühlschrank. In Regalen daneben stapelten sich Lebensmittel, die keiner Kühlung bedurften, vor allem Konservendosen und Reis. Junas Magen begann zu knurren. Vorsichtig schlich sie sich in das Haus und ging in Deckung. Niemand hatte sie bemerkt. Die Männer waren zu sehr mit ihren Schießübungen beschäftigt.

Juna öffnete den Kühlschrank. Zwischen Schnapsflaschen und Bierdosen stapelten sich rohes Fleisch, geräucherte Würste, Gemüse und Früchte. Abgesehen von dem Fleisch steckte Juna alles ein, was sie tragen konnte. In der Tür entdeckte sie eine große Flasche eisgekühlter Cola und musste einen Jubelschrei unterdrücken. Leise zog sie sie heraus und schloss den Kühlschrank wieder. Sie klemmte sich noch ein Stück Brot unter den Arm, das sie im Regal entdeckt hatte, und schlich sich zurück ins Unterholz.

Tumult war zu hören. Juna fürchtete schon, entdeckt worden zu sein. Sie warf einen Blick über ihre Schulter. Der Große mit dem dicken Bauch war hinter seinem

Computer hervorgekrochen, um der schießwütigen Bande die Leviten zu lesen. Er schien der Anführer zu sein und hatte genug von dem Lärm. Wütend brüllte er die Männer zusammen, bis diese murrend ihre Waffen einsteckten. Sie machten sich wieder an ihre Aufgaben. Einer von ihnen ging geradewegs zur Vorratskammer.

Nur eine Minute früher, und Juna wäre entdeckt worden. Sie dankte dem Himmel und schlich sich auf leisen Sohlen in den nahe gelegenen Wald, bis sie eine Stelle fand, an der sie sich unbeobachtet fühlte. Hier ließ sie ihre gesammelten Schätze auf den Boden fallen und machte sich darüber her. Als Erstes trank sie einen großen Schluck Cola. Der Geschmack war so herrlich kühl und prickelnd, dass sie genießerisch die Augen schloss. Auch das Brot, die Wurst, die Früchte und das Gemüse schmeckten köstlicher als das köstlichste Sternemenü, das sie sich vorstellen konnte.

Juna aß, bis sie das Gefühl hatte, zu platzen. Dann fiel sie auf ihren Rücken und gönnte sich eine Minute des Durchatmens.

Sie hörte ein leises Klicken und Pfeifen in ihrer Nähe.

»Blue? Bist du das?«

Sofort war sie wieder auf den Beinen und kämpfte sich durch dichtes Buschwerk zur Küste vor. Keine Spur von Blue. Dafür entdeckte Juna etwas anderes, das ihr den Atem nahm.

Im Käfig

Die Küste war an diesem Teil der Insel rau. Statt weitläufigen Sandstränden gab es hier karstigen grauen Fels, den die Gezeiten im Lauf der Jahrtausende zerfressen hatten. Zurückgeblieben waren schroffe Klippen, die aus dem Wasser ragten wie felsgewordene Ungetüme. An einer Stelle hatte die Natur eine Bucht gebildet, die durch einen schmalen Zugang mit dem Meer verbunden war. Dieser Zugang war nun durch Stahlseile und Fischernetze verschlossen, sodass sich die Bucht in einen Käfig verwandelt hatte. Als Juna genauer hinsah, bemerkte sie, dass sich ein halbes Dutzend Delfine hier tummelten. Man musste kein Experte sein, um zu sehen, dass die Tiere Qualen litten. Sie waren eingesperrt und hatten kaum genug Platz für ihre großen Leiber. Schon ein Flossenschlag genügte und sie stießen mit ihren Schnauzen gegen schroffe Felsen.

Der Anblick tat weh. Traurig ging Juna auf den Käfig zu und hielt ihre Hand ins Wasser.

»He, ihr«, sagte sie leise. »Was haben die euch angetan?«

Die Delfine wichen vor ihr zurück. Sie hatten offensichtlich keine guten Erfahrungen mit Menschen gemacht und blieben auf Abstand. Warum fing jemand die Tiere ein und zwang sie, in dieser lächerlich kleinen Bucht zu leben? Das ergab keinen Sinn.

Juna ging zum Rand der Bucht und untersuchte die Fischernetze. Sie waren bombenfest. Ohne anständiges Werkzeug gab es keine Chance, sie zu zerstören. Vorerst konnte sie hier nichts tun.

Schritte und Stimmen waren zu hören. Jemand war auf dem Weg hierher. Juna musste schnellstens verschwinden. Es war zu spät, um sich in den Schutz des Waldes zurückzuziehen. Sie versteckte sich hinter einem Felsen. Ein Mann und eine Frau kamen einen Trampelpfad herunter und gingen auf die Bucht zu. Der Mann sah aus wie ein Buchhalter. Seine Haare waren kurz geschoren, die Kleidung sauber. Er passte nicht zum Rest der Bande.

Die Frau an seiner Seite wirkte wie eine Studentin. Sie trug ein zu groß geratenes T-Shirt und hatte ihr dunkelblondes Haar mit einem Tuch zusammengebunden. In ihrer Hand hielt sie einen Eimer mit toten Fischen, die sie den Delfinen zuwarf. Die Tiere stürzten sich darauf, als hätten sie seit Tagen nichts gefressen.

Die Frau und der Mann unterhielten sich. Juna blieb hinter ihrem Felsen verborgen und belauschte sie. Zu ihrer Überraschung sprachen sie ihre Sprache.

»… diese Idioten schießen sich noch gegenseitig über den Haufen, und uns gleich mit«, sagte die Frau.

Der Mann klang amüsiert. »Was haben Sie erwartet?

Einen Debattierclub? Keiner dieser Burschen hat je eine Schule von innen gesehen. Schießen ist das Einzige, was die können.«

»McNally sollte sie besser im Griff haben«, gab die Frau zurück.

»Dann gehen Sie zu ihm und sagen ihm das«, schlug der Mann lachend vor.

Die Idee schien ihr ganz und gar nicht zu behagen. Wer auch immer dieser McNally war, die Frau hatte Angst vor ihm. »Morgen verschwinde ich von hier, dann sollen die machen, was sie wollen.«

»Morgen? Da muss ich Sie enttäuschen. Das Schiff mit der letzten Lieferung kommt frühestens in drei Tagen. Vorher geht gar nichts.«

»Drei Tage noch?«

Juna konnte sehen, dass die Frau bleich wurde.

Der Buchhalter lächelte provozierend. »Tja, wie sagt man doch so schön? Mitgefangen, mitgehangen.«

Die Studentin schwankte zwischen Zorn und Verzweiflung. »Der Eimer Fisch, das waren unsere letzten Vorräte. Sehen Sie das? Das sind sechs ausgewachsene Tümmler! Wissen Sie, was die jeden Tag fressen? Wie soll ich sie versorgen? Angeln gehen?«

Der Mann warf einen abschätzigen Blick auf die Delfine, dann wandte er sich wieder der Frau zu. »Oh, Pamela. Jetzt fangen Sie nicht gleich an zu heulen. Die Viecher halten schon noch ein paar Tage durch. Machen

Sie einfach Ihren Job und sorgen Sie dafür, dass sie bis dahin nicht draufgehen.«

Pamelas Lippen wurden noch dünner, als sie bereits waren. Ein Teil von ihr schien den Buchhalter verprügeln zu wollen. Ein anderer Teil hatte große Angst, das konnte Juna an ihren Augen ablesen.

»Warum mussten diese Irren die Tiere überhaupt einfangen?«, fragte sie.

Der Buchhalter klopfte ihr auf die Schulter. »Chipos Sohn hat sich Delfine zum Geburtstag gewünscht, und wenn Chipos Sohn sich Delfine wünscht, dann bekommt er eben Delfine.«

»Und wo sollen die Tiere leben?«

»Soweit ich weiß, hat er einen Pool im Garten.«

»Einen Pool im Garten? Er will sechs ausgewachsene Delfine in einem Pool halten?« Pamela war fassungslos.

»Vielleicht will er dort seine eigene kleine Delfin-Show aufbauen. Sie wissen ja, wie Kinder sind. Hören Sie, Pamela, ich gebe Ihnen einen freundschaftlichen Rat: Halten Sie einfach Ihre Klappe und stellen Sie keine dummen Fragen. In drei Tagen ist alles erledigt, dann ist das hier nicht mehr unser Problem.«

Damit ließ er sie stehen. Pamela blieb zurück und knetete nervös ihre Hände. Sie wusste, dass sie etwas schrecklich Falsches tat und dass sie zu feige war, sich für das Richtige zu entscheiden. Juna konnte ihren inneren Zwiespalt erkennen. Sie hatte kein Mitleid mit ihr. Wer sich mit bösen Menschen einließ, wurde selbst zum Komplizen des Bösen.

Pamela fand noch einen letzten Fisch in ihrem Eimer und warf ihn den Delfinen zu. Einer schnellte aus dem Wasser hervor und schnappte ihn. Juna hielt den Atem an. Da war ein weißer Fleck zwischen seinen Augen! Genauso einen hatte auch Blue. Als Juna genauer hinsah, konnte sie sehen, dass einige der Tiere denselben Fleck hatten. Das konnte kein Zufall sein. Nun kannte Juna den Grund, warum Blue ganz alleine war. Diese Delfine waren seine Eltern, seine Brüder und Schwestern. Seine Familie. Sein Rudel. Sie waren gefangen und unter qualvollen Bedingungen eingesperrt worden, um dem Sohn eines skrupellosen Mannes als Spielzeug zu dienen.

Juna kochte vor Wut. Sie würde es niemals zulassen, dass diese Tiere ins Becken eines Schwimmbads gesperrt wurden, das zu klein für sie war. Sie musste sie befreien!

Als die Luft rein war, kam sie aus ihrem Versteck hervor und ging noch einmal zur Bucht.

»Ich helfe euch!«, sagte sie leise zu den Delfinen. »Aber erst einmal muss ich einem Freund helfen. Habt Geduld, ich komme bald zurück.«

Die Tiere drehten ihre Kreise, ohne sie zu beachten.

Juna versteckte sich wieder in dem kleinen Wäldchen und folgte ihren eigenen Spuren bis zu den Baracken der Piraten. Der Geruch von gegrilltem Fleisch stieg ihr in die Nase. Die Männer saßen vor einer Veranda und schaufelten Kartoffeln und Steaks in sich hinein. Pamela schien der Hunger vergangen zu sein. Sie hockte mit eingefrorener Miene an der Seite und stocherte lustlos auf ihrem Teller herum, ohne einen Bissen zu sich zu nehmen. Juna erkannte auch den Buchhalter, der sich mit dem dicken Hünen unterhielt.

Das musste McNally sein, der Anführer. Zum ersten Mal konnte Juna sein Gesicht sehen, das sie an eine alte Dogge erinnerte. Seine Augen hatten nichts Freundliches; er war eine bedrohliche Erscheinung, ein Mann, der es gewohnt war, Befehle zu erteilen und harte Strafen über jene auszusprechen, die sie nicht befolgten. Juna fröstelte bei dem Gedanken, was geschehen konnte, wenn er sie in seine Pranken bekam.

Das Funkgerät war unbeobachtet, der Zugang zur Baracke frei. Fieberhaft überlegte Juna, was sie tun sollte, und beschloss dann, dass es zu riskant war, das Gerät zu benutzen, solange die schießwütigen Männer in Hörweite waren. Sie musste erst einmal für Ablenkung sorgen.

Sie wagte sich aus dem Dickicht hervor und ging zu einer Holzhütte, die mit einem Vorhängeschloss gesichert war. Die einzige verschlossene Tür auf der ganzen Insel. Was auch immer sich dahinter verbarg, musste gewiss sehr wertvoll sein. Leise rüttelte Juna an dem

Schloss. Es rührte sich nicht. Sie bemerkte, dass unter der Tür ein schmaler Spalt war. Zu klein für einen Erwachsenen. Aber ein Kind konnte hindurchkriechen.

Was sie wagen wollte, war riskant, zumal es helllichter Tag war. Doch die Zeit drängte. Finn war allein und hilflos, sie musste sich beeilen. Nervös warf sie sich auf den Boden und robbte auf allen vieren unter der Tür durch. Ihre Kleidung blieb hängen, und für einen Moment war sie eingeklemmt. Hätte einer der Piraten sich umgedreht, wäre sie verloren gewesen. Zum Glück waren die Männer so sehr mit ihrem Essen beschäftigt, dass keiner sie beachtete.

Juna konnte ihre Beine befreien und in die Hütte ziehen. Leise erhob sie sich und klopfte sich den Staub aus der Kleidung. Es war dunkel hier, nur durch Ritzen in den Holzwänden schien das Sonnenlicht. Als sie erkannte, was sie gefunden hatte, brachte sie nur zwei Worte hervor: »Heiliges Kanonenrohr!«

Die Büchse der Pandora

Vor Juna standen zahllose stählerne Kisten. Einige waren geöffnet worden und enthielten Waffen in allen Größen: Messer, Pistolen, Maschinengewehre und Schlimmeres. In Regalen an der Wand stapelten sich Hunderte kleiner Päckchen, etwa so groß wie Ziegelsteine. Sie waren mit Plastikfolie umwickelt. Juna nahm eines vorsichtig in die Hand und hielt es ins Licht. Unter der Folie erkannte sie eine zusammengepresste weiße Masse. Sie wusste nicht viel von diesen Dingen, aber es bedurfte keiner großen Fantasie, um zu erraten, dass es sich wahrscheinlich um Drogen handelte. Diese Insel diente den Piraten als Umschlagplatz für verbotene Schmuggelware. Juna hatte mitten in ein Wespennest gestochen.

Furcht packte sie, Furcht vor den Männern, Furcht, es nicht zu schaffen. Aber sie musste handeln, für Finn, für Blue und seine Delfinfamilie. »Was habe ich schon zu verlieren?«, dachte sie bei sich.

Sie nahm allen Mut zusammen. Sie wusste, was zu tun war.

Die Männer würden nicht mehr lange mit Essen beschäftigt sein. Jetzt musste es schnell gehen. Juna kroch wieder unter der Tür durch und schlich zu dem gemauerten Haus, in dem der Kühlschrank stand. Dort ratterte noch immer der alte Dieselgenerator vor sich hin, der die Geräte mit Strom versorgte. Treibstoff konnte hier nicht weit sein, und tatsächlich fand Juna einen Kanister, der halb mit Diesel gefüllt war. Sie schnappte ihn sich und angelte sich eine Packung Streichhölzer aus dem Regal mit den Vorräten.

Zwei Männer gingen zum Kühlschrank. Sie bemerkten Juna nicht, die mit ihrer Beute im Gebüsch kauerte. Lautlos ging sie Richtung Wald und schlich sich durch das Unterholz zurück zu der verschlossenen Holzhütte.

Das Mittagessen war beendet, die Männer verteilten sich wieder über das Gelände. Juna musste sich beeilen. Sie schraubte den Kanister auf und goss den Diesel-Treibstoff ins trockene Gras vor der Hütte. Scharfer, öliger Geruch verbreitete sich im Camp. Juna betete, dass ihr genug Zeit blieb, bevor sie entdeckt wurde. Mit zitternden Fingern holte sie ein Streichholz hervor und ließ es entflammen. Sie warf es ins Gras. Die Flamme erlosch und nichts geschah. Aber das konnte nicht sein! Juna probierte es ein zweites Mal. Wieder warf sie ein brennendes Zündholz ins Gras, und wieder erlosch die Flamme, ohne ihr zerstörerisches Werk entfalten zu können. Juna wagte einen dritten Versuch, nur dieses Mal hielt sie das Streichholz in ein Büschel des getränkten Diesel-Grases, bis sich genug Hitze gebildet hatte. Jetzt entzündete sich das Gras. Innerhalb von Sekunden stand der Boden in Flammen, und kurz darauf die Hütte.

Juna stürzte in den Wald und rannte, so schnell sie konnte. Sie hörte wildes Geschrei und das Trampeln von Füßen. Die Piraten waren in heller Aufregung. Männer brüllten durcheinander und versuchten sich zu koordinieren. Juna wagte sich wieder näher an das Camp heran und sah McNally, dessen Kopf so rot war, dass er zu explodieren drohte. Mit zornigen Gesten und Gebrüll scheuchte er seine Schergen zwischen den Baracken umher. Einige der Männer versuchten, ins Innere der Hütte zu gelangen und die kostbare Schmuggelware zu retten. Es war zu spät; die Flammen schlugen so hoch, dass die Hitze unerträglich wurde. Eine gewaltige Säule aus schwarzem Qualm hing über der Insel. Drogen und Waffen von unschätzbarem Wert gingen buchstäblich in Rauch auf. Ein Grinsen überflog Junas Lippen. Das war genau das Chaos, das sie sich erhofft hatte.

Sie rannte zu der Baracke mit dem Funkgerät. Es stand unbeobachtet neben McNallys Schreibtisch. Sie nahm das Mikrofon und drückte darauf herum. Es gab keinen Ton von sich. Blinkende Lichter verrieten ihr, dass Strom vorhanden war. Warum es nicht funktionierte, blieb ein Geheimnis; nervös drückte und drehte sie wild an der Konsole herum, bis eine menschliche Stimme zu hören war. Juna konnte kein Wort verstehen, aber das spielte keine Rolle. Sie hielt das Mikrofon an ihren Mund und drückte den Sendeknopf.

»Mayday, mayday, wir brauchen Hilfe! Hören Sie mich, over.«

Sie hatte in einem Buch gelesen, dass man auf diese Art sprechen musste. Die Stimme am anderen Ende war kurz irritiert, plauderte dann aber munter weiter. Konstantes Rauschen und Fiepen deutete darauf hin, dass der Empfang schlecht war. Juna musste es auf einem anderen Kanal versuchen. Sie drehte den größten Knopf auf dem Gerät hin und her, bis die Stimme einer Frau zu hören war. Sie klang deutlich klarer.

»Mayday, wir brauchen Hilfe! Helfen Sie uns, bitte«, rief Juna ins Mikro.

Die Antwort kam abgehackt und kaum verständlich: »Help? You need help?«

»Ja, help!«, rief Juna etwas zu laut. Sie ging in die Knie, das Mikrofon mit beiden Händen umklammert. Tränen schossen ihr in die Augen. »Help, please. Wir sind auf einer Insel. Finn geht es schlecht. Wir brauchen dringend Hilfe. Over.«

Es rauschte und knackte in der Leitung. Juna fürchtete schon, die Verbindung verloren zu haben. Wieder hörte sie Wortfetzen.

»Where … are you?«

Die Stimme wollte wissen, wo sie zu finden war. Juna hätte schreien können vor Wut. Sie hatte an so vieles gedacht, aber nicht daran! Wie sollten ihre Retter sie finden, wenn sie nicht einmal wussten, wo sie suchen sollten? Verzweifelt blickte sie sich um, suchte nach einer Karte oder einem Hinweis, der ihr helfen konnte. Sie fand nichts.

»Wir sind auf einer Insel. Eine Insel mit einem Felsen in der Mitte, verstehen Sie? Over.«

»… are you? Tell me your coordinates … we can find you …«

»Ich habe keine Koordinaten. Wir sind auf einer Insel gefangen, irgendwo im Ozean. Unser Flugzeug ist abgestürzt. Ich weiß nicht, wo. Sie müssen uns suchen! Bitte, bitte suchen Sie uns. Over.«

Juna spürte die Verzweiflung in sich aufkeimen. Sie fühlte sich so allein. Die Hilfe war so nah und zugleich so unendlich weit weg. Hätte sie nur einen winzigen Anhaltspunkt, den sie der Frau geben konnte!

Das Funkgerät fiepte und rauschte leise vor sich hin. Plötzlich meldete sich die Stimme wieder: »Du bist … Juna? Deine Name ist Juna, yes? Over.«

Juna erinnerte sich nicht, ihren Namen genannt zu haben. Dass die Stimme sie kannte, konnte allerhand bedeuten: Dass die Polizei sie suchte, dass ihr Name durch die Presse geisterte … vielleicht sogar, dass ihre Mutter noch am Leben war und Himmel und Hölle in Bewegung setzte, um sie zu finden. Der Gedanke gab ihr neuen Mut.

»Ja! Ich bin Juna!«, rief sie nervös. »Woher kennen Sie meinen Namen? Ist meine Mama bei Ihnen? Over.«

»... Finn with you? The boy ... Finn ist bei dir, ja? Over.«

»Ja, Finn ist bei mir! Er lebt! Wir beide sind am Leben«, rief Juna und spürte eine Welle der Erleichterung über sich hereinbrechen. »Aber er ist schwer verletzt, verstehen Sie. Er braucht dringend ärztliche Hilfe.«

»... ein Sturm ... in zwei Tagen ...«

»Was sagen Sie da? Ein Sturm?«

Das Rauschen wurde stärker, trotzdem konnte man die Nervosität in der Stimme der Fremden hören. »... große Sturm, Hurricane! You have to be careful, do you understand ... du musst Schutz suchen ... zwei Tage ...«

Juna hielt das Mikrofon umklammert und schloss die Augen. Sie hatte fast zwei Tage gebraucht, um hierherzugelangen. Jetzt sollte sie in derselben Zeit Hilfe finden, zu Finn zurückkehren und ihn irgendwie heil von der Insel schaffen, bevor ein Wirbelsturm über sie hinwegfegte? Es war, als ob das Schicksal ihr immer neue Steine in den Weg legen wollte.

»Wissen Sie, wie es unseren Eltern geht? Sind sie gesund? Meine Mama, ist sie am Leben?«, fragte sie.

Der Empfang wurde wieder schlechter. Die Stimme ging im Rauschen unter. Juna probierte es weiter.

»Wissen Sie, ob meine Mutter am Leben ist? Over.«

»… your mother …«

»Ja! Ja, meine Mutter!«, rief Juna.

Weiter kam sie nicht, denn in diesem Augenblick fiel ein riesiger, dunkler Schatten über sie. Sie hob den Blick und sah in die zornigen Augen von McNally, dem Anführer der Piraten. Seine Kieferknochen mahlten wie Mühlsteine.

Die Hand des Teufels

Auf McNallys Geheiß schleppten die Männer Juna mit sich und setzten sie auf einen Stuhl. Niemand hielt es für nötig, sie zu fesseln oder ihr Handschellen anzulegen. Sie bildeten eine stumme Mauer um sie herum, die schmutzigen Hände auf ihre Waffen gelegt, die Mienen zu ausdruckslosen Masken erstarrt. Nur McNally zeigte offen, dass er gereizt war. Immer wieder ballte er seine Pranken zu Fäusten, als ob er Juna darin zerquetschen wollte.

»Lasst mich durch!«

Der Buchhalter mit den kurz geschorenen Haaren drängte sich durch die Reihen der Piraten, warf einen kurzen, ungläubigen Blick auf Juna und ging dann mit erhobenen Händen auf McNally zu. Mit mahnender Stimme redete er auf ihn ein. Juna konnte nichts von dem verstehen, was er sagte. McNallys Reaktion allerdings war unmissverständlich: Er schubste ihn achtlos zur Seite und zischte ein paar scharfe Worte hinterher. Von diesem Moment an schwieg der Buchhalter und richtete seinen Blick nervös zu Boden.

Juna sah in die Augen der anderen Männer und wusste, dass sie alle Angst hatten. Der Verlust der wertvollen Schmuggelware konnte nicht ungesühnt bleiben.

McNally würde dafür sorgen, dass jemand bestraft wurde.

Der Kleinwüchsige mit der Lücke in den Frontzähnen trat in die Runde. Er zerrte Pamela hinter sich her und brachte den leeren Diesel-Kanister mit, den Juna vor der Hütte zurückgelassen hatte.

McNally packte Junas Hand. Er betrachtete ihre Fingerspitzen und führte sie an seine bebenden Nasenflügel. Der verräterische Geruch des Diesels haftete ihnen an. Er nahm Pamela beisite und sagte etwas zu ihr. Die Frau wirkte ebenso verängstigt wie ihre männlichen Mitstreiter. Ihre Stimme zitterte, als sie übersetzte.

»Er will wissen, wie du auf diese Insel gekommen bist.«

Auf keinen Fall durften diese Männer von Finn oder der Existenz ihrer Insel erfahren. Juna musste ihre Worte geschickt wählen.

»Unser Flugzeug ist abgestürzt. Ich bin hierhergeschwommen«, sagte sie.

Pamela übersetzte. McNallys Augen blieben auf Juna haften, als sie sprach. Seine Antwort ließ nicht lange auf sich warten. Seine Stimme war so tief und dunkel wie das Donnerrollen vor einem Sturm.

»Wann war das?«, übersetzte Pamela.

»Vor ein paar Tagen«, sagte Juna.

McNally wusste, dass sie log. Schon der Zustand ihrer Kleidung verriet, dass sie viel länger unterwegs war.

»Weißt du, wer ich bin?«, fragte Pamela in seinem Auftrag.

Juna schüttelte den Kopf.

McNally packte ihr Gesicht und drehte es zu sich hin. Fast glaubte Juna so etwas wie Respekt in seinen Augen zu erkennen. Ihr, einem jungen Mädchen, war etwas gelungen, das weder die Polizei noch die Armee geschafft hatten: Im Alleingang hatte sie der Schmugglerbande einen empfindlichen Schlag versetzt und ihre kostbare Ware zerstört.

Als McNally erneut zu ihr sprach, verlor Pamela auch den letzten Rest Farbe aus ihrem Gesicht.

»Was hat er gesagt?«, fragte Juna.

Pamela schwieg. Es war der Buchhalter, der antwortete: »Sie werden dich zu Chipo bringen. Er wird entscheiden, was mit dir geschehen soll.«

Chipo. Der Mann, der so reich, so mächtig und so skrupellos war, dass er seinem Sohn eine ganze Delfinfamilie zum Geburtstag schenken konnte. Selbst McNally sprach seinen Namen mit Ehrfurcht aus.

Juna blickte Hilfe suchend zu Pamela. Sie schien die Einzige hier zu sein, mit der man halbwegs vernünftig reden konnte. »Bitte, wer ist dieser Chipo?«

McNally tätschelte Junas Wange und benutzte plötzlich ihre Sprache: »Du wirst ihn bald sehen. Er kann es kaum erwarten, dich kennenzulernen.«

Ein Lachen brodelte aus seinem massigen Leib empor,

als er mit einer knappen Geste seinen Männern befahl, Juna wegzubringen.

»Lasst mich sofort los, ihr Mistkerle«, schrie sie.

Sie trat einem der Männer gegen das Schienbein und schaffte es, sich loszureißen. Doch ihr Fluchtversuch endete so schnell, wie er begonnen hatte. Der Mann mit dem Hut packte sie und warf sie über seine Schulter. Juna trommelte mit den Fäusten auf seinem Rücken herum, zappelte und schrie. Unbeeindruckt schleppte der Mann sie Richtung Bootssteg. Juna bemerkte, dass Pamela ihr einen warnenden Blick zuwarf.

»Tu das nicht!«, zischte sie. »Mach es nicht noch schlimmer, als es schon ist.«

Juna war es egal. Sie rief laut um Hilfe. Der Mann trug sie ausgerechnet zu dem alten Lastkahn, dessen Licht sie hierhergeführt hatte, und sperrte sie unter Deck in eine Koje. Hier gab es nichts außer einem Tisch und einem Bett. Mit einem lauten Knall fiel die eiserne Tür ins Schloss und Juna war allein. Sie schrie und trat gegen Tür, sie rüttelte am Griff und schlug mit den Fäusten gegen die Wände.

»Lasst mich raus! Ich muss Finn helfen, versteht ihr nicht, ihr verdammten Mistkerle …«

Niemand hörte sie, niemand half ihr. Leise schluchzend sank Juna auf das Bett.

»Finn, großer Bruder, es tut mir so leid.«

Sie dachte an die Nachricht, die sie hinterlassen hatte,

und an ihr Versprechen, zu ihm zurückzukehren. Seit fast drei Tagen war er nun schon allein auf der Insel, seit drei Tagen ohne Hilfe und Trost. Und jetzt war sie eingesperrt und würde vielleicht niemals wieder zu ihm finden. Es brach ihr das Herz.

Sie hörte einen leisen Pfiff und schrak hoch. Sie kannte dieses Geräusch. Es gab nur ein einziges Wesen auf der großen, weiten Welt, das so pfeifen konnte.

»Blue?«

Sie öffnete das Bullaugenfenster, das ihr den einzigen Kontakt zur Außenwelt ermöglichte. Es war zu klein, um hindurchzuklettern, aber immerhin groß genug, dass sie ihren Kopf daraus hervorstrecken konnte. Blue schwamm im Wasser und streckte ihr keck seine lächelnde Delfinschnauze entgegen.

»Blue, du bist noch hier! Ich wusste, du lässt mich nicht im Stich, Blue, mein kleiner Bruder. Aber du musst vorsichtig sein. Diesen Leuten hier darfst du nicht trauen.«

Blue warf sich übermütig ins Wasser. Er wollte, dass Juna zu ihm kam, damit sie mit ihm spielte. Er konnte nicht verstehen, warum sie in ihrer engen Koje blieb.

»Ich bin hier eingesperrt, die lassen mich nicht raus. Und ich bin nicht die Einzige. Blue, die haben deine Familie gefangen! Sie ist auf der anderen Seite der Insel. Pass bloß auf, dass dich nicht dasselbe Schicksal trifft. Wenn jemand kommt, versteck dich, hast du gehört?«

Der junge Delfin war viel zu aufgeregt, um auf sie zu hören. Er freute sich so sehr über ihr Wiedersehen, dass er immer wieder aus dem Wasser sprang und wild pfiff. Es war nur eine Frage der Zeit, bis ihn jemand bemerkte.

»Blue, ich bitte dich«, flüsterte Juna sorgenvoll. »Du musst leise sein. Bitte!«

Juna hörte Schritte. Schnell verschloss sie das Bullaugenfenster und warf sich auf das Bett.

Pamela erschien in der Tür. Sie brachte etwas zu essen und Wasser.

»Für dich«, sagte sie nervös. »Du hast doch bestimmt Hunger.«

»Ich will nichts. Hau ab«, zischte Juna. In Gedanken flehte sie, dass Blue ihre Warnung verstanden hatte und sich nicht verriet.

Pamela warf einen Blick über die Schulter. Als sie sich vergewissert hatte, dass sie alleine waren, schloss sie die Tür hinter sich.

»Wie heißt du, meine Kleine?«

»Juna. Und ich bin nicht Ihre Kleine.«

»Ich weiß, du glaubst mir nicht, aber ich bin nicht deine Feindin, Juna. Ich habe mit diesen Leuten nichts zu tun. Eigentlich bin ich Meeresbiologin.«

»Eine tolle Biologin! Lernt man in Ihrem Studium nicht, dass man Tiere nicht quälen darf?«

Pamela nickte schuldbewusst. »Ich habe diese Delfine nicht gefangen, das waren McNallys Männer. Diese verrückten Spinner haben die Delfine eingesperrt. Eins der Tiere wurde dabei verletzt, zwei weitere wollten nichts mehr fressen. Also haben sie mich geholt, damit ich dafür sorge, dass sie zumindest den Transport zu Chipos Sohn überleben.«

Juna setzte sich auf. »Was haben die dir dafür versprochen?«

»Einfach nur Geld«, sagte Pamela und Juna hörte das schlechte Gewissen in ihrer Stimme. »Ich habe gerade meine Arbeit verloren und wusste nicht, wie es weitergehen sollte … sie haben mir so viel Geld geboten, dass ich damit sämtliche Schulden bezahlen konnte und für Monate versorgt bin. Ich habe keine Fragen gestellt und bin einfach mitgekommen. Hätte ich gewusst, mit wem ich es zu tun habe … ich hätte sofort Nein gesagt.«

Juna schöpfte Hoffnung. Vielleicht konnte sie in dieser Frau doch noch eine Verbündete finden.

»Lass mich hier raus! Gemeinsam befreien wir die eingesperrten Delfine und verschwinden von hier.«

Pamela lachte traurig. »Du verstehst es einfach nicht. McNally ist verrückt. Wenn sein Boss ihm nicht befohlen hätte, dich unversehrt zu lassen, hätte er dich wahrscheinlich sofort umgebracht.«

»Sein Boss? Du meinst den, den alle Chipo nennen?«

Pamela nickte und sprach so leise, dass sie kaum noch zu verstehen war: »Chipo kontrolliert die ganze Gegend, er hat Polizei und Regierung in seiner Hand. Und seine

Spione sind überall. Niemand kommt von dieser Insel weg, ohne dass er es bemerkt.«

»Ich schon!«, erwiderte Juna trotzig. »Ich habe es schließlich auch auf die Insel geschafft, ohne dass er was bemerkt hat.«

»Ich wünschte, ich hätte nur halb so viel Mut wie du«, sagte Pamela traurig.

Juna musste an ihre Großmutter denken. Stets hatte sie ihren Weg gewählt, ohne sich davon beeindrucken zu lassen, was andere über sie dachten oder wie gering ihre Chancen waren.

»Mutig zu sein, ist auch eine Entscheidung«, sagte Juna. »Das hat meine Oma immer gesagt. Sie war einer der tollsten Menschen, die ich kannte.«

Pamela kämpfte mit sich. Sie wusste, dass es jetzt an ihr lag, eine Entscheidung zu treffen.

Juna flehte sie an: »Es gibt da noch eine Insel, nicht weit von hier. Dort wartet Finn auf mich, mein Bruder. Er ist sehr krank und braucht dringend Medikamente. Wenn ich nicht bald zu ihm komme, dann stirbt er. Bitte, bitte hilf mir. Du bist meine einzige Chance.«

Pamela hatte ihre Entscheidung schon getroffen. Sie ließ ihren Kopf sinken. Jeder ihrer Gedanken war durchdrungen von Angst. Sie steckte in einem Gefängnis, das sie sich selbst geschaffen hatte.

»Es tut mir leid, ich kann nicht«, sagte sie. Dann schloss sie die Tür hinter sich und ließ Juna allein.

Hals über Kopf

Juna tat alles, um zu entkommen. Sie spielte das kranke Mädchen, sie versuchte, das Türschloss zu knacken, sie nahm ihr Bett auseinander in der Hoffnung, sich daraus ein Werkzeug basteln zu können, sie suchte die Wände nach Schwachstellen ab und rief um Hilfe. Vergeblich. Die Stunden vergingen, ohne dass Rettung in Sicht war. Und sie wusste, dass Finn nicht mehr viel Zeit blieb.

Der Tag neigte sich dem Ende zu. Als der Abend dämmerte, hörte Juna Schritte und das Klicken des Schlüssels im Schloss. Ihre Tür wurde aufgerissen. Zwei von McNallys Männern zerrten sie aus der Koje. Pamela begleitete sie, um zu übersetzen. Sie vermied den Augenkontakt mit Juna. Sie schämte sich.

»McNally will dich sehen«, sagte sie.

Der Zahnlose packte Junas Hand. Sie riss sich los.

»Hände weg! Ich komme ja schon.«

Sie gingen über die Landungsbrücke auf den Bootssteg. Juna sah einen Schatten im Wasser. Ihr Herz beschleunigte sich.

Verschwinde, Blue!

Der junge Delfin dachte nicht daran. Er spürte, dass Juna in Schwierigkeiten war. Sein schlanker, muskulöser Körper zog Kreise vor dem Steg, und die Klicklaute, die er von sich gab, klangen fast zornig.

Die Männer tauschten ein Grinsen. Einer von ihnen richtete seine Pistole auf Blue und entsicherte sie.

»Halt«, schrien Juna und Pamela im Chor.

Der Mann mit dem Hut lachte sie aus. Dieses Mal ließ Pamela sich nicht einschüchtern. Ihre Hände mochten zittern, doch sie blieb standhaft.

»Ihr habt den Boss gehört. Hier werden keine Kugeln mehr verschwendet!«

Die Männer nahmen sie nicht ernst. Sie schoben sie zur Seite. Plötzlich riss der zahnlose Alte die Augen auf und richtete seinen Zeigefinger auf Blue. Er hatte den weißen Fleck zwischen seinen Augen entdeckt.

Der andere Pirat packte Pamela und schrie sie an. Sie schüttelte ängstlich den Kopf. »Das ist unmöglich! Völlig unmöglich …«, stammelte sie.

Juna verstand kein Wort. Was ging hier vor sich?

Vom Tumult alarmiert, gesellten sich rasch weitere Männer an den Bootssteg. Alle redeten durcheinander.

»Sie sagen, das ist einer von den Tümmlern, die sie gefangen haben«, übersetzte Pamela. »Sie glauben, du hast ihn befreit.«

Juna schüttelte den Kopf. »Aber ich …«

Pamela signalisierte ihr, still zu sein. Sie hatte eine Idee. Sie sprach zu den Männern und gestikulierte energisch in Junas Richtung. Juna konnte beobachten, wie ihre Mienen finsterer wurden. Der Typ mit dem Hut brüllte einen Befehl und die ganze Bande rannte über die Insel zur Gefängnisbucht.

»Was haben die vor?«, fragte Juna nervös.

»Ich habe ihnen erzählt, dass du ein Loch in das Netz geschnitten hast und dass die Delfine entkommen werden, wenn sie nicht schnell handeln.«

»Wie hätte ich das denn anstellen sollen?«

Ein nervöses Lächeln huschte über Pams Gesicht. »Nach allem, was du hier angerichtet hast, trauen sie dir wahrscheinlich alles zu. Chipo würde ihnen den Kopf abreißen, wenn sie jetzt auch noch das Geburtstagsgeschenk für seinen Sohn verlieren.«

»Aber …«

»Juna, hör mir zu! Ich habe uns etwas Zeit verschafft, aber die werden schnell merken, dass ich sie belogen habe. Nimm dir ein Boot und verschwinde. Schnell!«

»Ich kann noch nicht weg. Ich brauche Medikamente für Finn. Und etwas zu essen.«

»Das ist Wahnsinn! Du musst verschwinden, jetzt!«

Juna dachte nicht im Traum daran. »Ich gehe erst, wenn ich die Sachen habe.«

Pamela raufte sich die Haare. »Na gut, ich helfe dir. Du versteckst dich so lange in einem Boot und wartest auf mein Signal. Mach keine Dummheiten, ja?«

Juna nickte. Im selben Augenblick war Pamela im Zwielicht der Dämmerung verschwunden.

Jetzt musste alles sehr schnell gehen. Juna wusste, was sie zu tun hatte. Am Steg schaukelten mehrere Boote auf dem Wasser: Der alte Lastkahn, in dem sie eingesperrt gewesen war, ein Schnellboot mit zwei Außenbordmotoren und ein klappriges Ruderboot, das nur über einen kleinen Hilfsmotor verfügte.

Als Erstes nahm sich Juna den Lastkahn vor. Sie ging auf die Brücke. Dort riss sie alle Kabel heraus, die sie finden konnte, legte elektrische Platinen frei und schlug mit einem Besenstil darauf ein. Funken stoben, es gab Kurzschlüsse und übel riechende Qualmwolken. Sämtliche Lichter und Lämpchen am Steuerpult erloschen. Der Kahn würde seinen Hafen so schnell nicht mehr verlassen.

Begleitet von Blues neugierigen Blicken huschte Juna auf das Schnellboot. Man benötigte einen Schlüssel, um es starten zu können. Und selbst wenn Juna ihn gefunden hätte, hätte ihr das nötige Können gefehlt, die riesigen Motoren unter Kontrolle zu halten. Also setzte sie das Werk der Zerstörung fort und trat mit ihren Füßen so lange gegen die Konsole, bis sämtliche Knöpfe und Hebel zerstört waren.

Jetzt gab es nur noch das alte Ruderboot. Juna betete, dass der Motor funktionierte. Mit zitternden Fingern löste sie die Leinen. Blue beobachtete jeden ihrer Handgriffe und pfiff leise.

»Die werden jeden Augenblick wieder hier sein«,

sagte Juna. »Auf mein Kommando schwimmst du so schnell, wie du noch nie geschwommen bist, ja?«

Blue pustete Wasser aus seinem Atemloch hervor und spritzte sie nass. Unter anderen Umständen hätte er Juna damit zum Lachen gebracht. Jetzt wollte sie nur noch verschwinden.

Die Dunkelheit legte ihren Mantel über die Insel. Juna kletterte in das Ruderboot und versteckte sich, bis sie Schritte hörte. Jemand rannte auf den Bootssteg. Sie konnte nur eine Silhouette erkennen und wartete, bis die Person sich zu erkennen gab. Es war Pamela.

»Juna! Wo bist du?«

Juna hob den Kopf. »Hier drüben«, flüsterte sie.

Pamela warf ihr eine schwere Tüte zu, die prall gefüllt war mit allen möglichen Dingen. »Hier, ich habe alles reingeworfen, was ich auf die Schnelle finden konnte. Und jetzt mach, dass du wegkommst!«

»Komm mit!«, sagte Juna. »Hier ist Platz genug.«

Pamela zögerte kurz, schüttelte dann aber den Kopf. »Ich bleibe hier und halte sie auf, so lange ich kann.«

»Aber die Mistkerle werden sich an dir rächen.«

»Keine Sorge, ich tische ihnen einfach ein paar Lügengeschichten auf. Ich möchte endlich wieder in den Spiegel sehen können und wissen, dass ich das Richtige getan habe.« Lächelnd fügte sie hinzu: »Ich habe mich entschieden, mutig zu sein.«

Schon waren trampelnde Füße und Schreie zu hören.

McNallys Männer hatten den Betrug bemerkt und waren auf dem Weg zurück. Juna sah Pamela an. Es hätte noch viel zu sagen gegeben. Sie beließ es bei einem Wort.

»Danke.«

»Gern geschehen, Juna. Und jetzt verschwinde.«

Nichts lieber als das. Juna versuchte, den Motor zu starten. Sie drückte den einzigen Knopf, den sie finden konnte, und zog am Starterkabel. Der Motor gab keinen Mucks von sich.

Die Männer kamen rasch näher, waren jetzt kurz vor dem Bootssteg. Mit gezogenen Waffen rannten sie auf Juna zu. Pamela stellte sich ihnen in den Weg und wurde brutal zur Seite geschubst.

Auf die Schnelle konnte Juna den Motor nicht starten. Sie packte die Ruder und zog sie mit aller Kraft durch das Wasser. Behäbig setzte sich ihr kleines Boot in Bewegung und entfernte sich vom Steg. Die Männer brüllten und fuchtelten mit ihren Pistolen herum. Sie wussten, dass Chipo das Mädchen unversehrt haben wollte, und feuerten deshalb nur Warnschüsse ab. Einige von ihnen sprangen in das Schnellboot, andere versuchten den Lastkahn zu starten. Juna konnte eine Reihe übler Flüche und Verwünschungen hören, als sie das Chaos entdeckten, das sie hinterlassen hatte. Keines der Boote ließ sich starten.

McNally erschien am Steg. Er rannte, so schnell es sein massiger Leib zuließ, und blieb schwer atmend stehen.

Zwei Männer, die ihm am nächsten standen, bekamen zornige Hiebe ab und wurden ins Wasser geschubst. McNally befahl ihnen, hinter Juna herzuschwimmen.

Juna ruderte, so schnell sie konnte, doch es mangelte ihr an Kraft und Erfahrung, um das Boot richtig in Fahrt zu bringen. Ihre Verfolger kamen rasch näher. Schon war der Erste bei ihr und klammerte sich wütend am Boot fest.

Er hatte seine Rechnung ohne Blue gemacht. Der tauchte unvermittelt aus dem Wasser auf und stieß den Mann so heftig mit der Schnauze in die Seite, dass dieser erschrocken herumwirbelte. Juna nutzte den Moment der Unachtsamkeit und schlug ihm mit dem Ruder auf die Finger. Er brüllte lautstark und ließ von ihr ab.

Auch ihr zweiter Verfolger machte unangenehme Bekanntschaft mit Blue. Der junge Delfin umkreiste ihn, schubste ihn und attackierte ihn so lange mit seiner Schnauze, bis er es mit der Angst zu tun bekam und zurückschwamm.

»Gut gemacht, Blue!«, rief Juna.

Sie wagte einen neuen Versuch, den Motor zu starten, und zog so kräftig sie konnte am Starterkabel, immer und immer wieder. Die Maschine hustete eine Qualmwolke hervor und erwachte zum Leben. Triumphierend schrie Juna auf.

»Blue, jetzt! Nichts wie weg hier!«

Das ließ Blue sich nicht zweimal sagen. Pfeilschnell

schoss er durch das Wasser und wollte hinaus aufs offene Meer. Er hatte sich intuitiv für die richtige Himmelsrichtung entschieden, und doch musste Juna ihn aufhalten. Sie konnte noch nicht zu ihrer Insel zurück. Eine Sache gab es noch, die sie tun musste. Das war sie ihrem kleinen Freund schuldig.

Familienbande

McNally und seine tobende Bande fielen hinter Juna zurück. Ihr Gebrüll wurde leiser, ihre Gestalten verschmolzen mit der Dunkelheit. Nach kurzer Zeit hörte man nur noch das Dröhnen ihres Motors und das Rauschen der Bugwelle unter ihrem Boot.

Das Licht des Mondes leuchtete Juna den Weg. Sie blieb in Küstennähe und fuhr in großem Abstand um die Insel herum, bis die Silhouetten von schroffen Felsen vor ihr auftauchten. Sie drosselte den Motor. Er gluckerte leise vor sich hin. Im Schritttempo fuhr sie auf die Bucht zu, in der die Delfine eingesperrt waren. Sie schaltete den Motor ab und behielt das Ufer im Blick. Nichts regte sich. Keine Spur von McNallys Männern. Die Luft war rein.

Juna öffnete eine Klappe unter ihrem Sitz. Darin befand sich ein Fach, das mit Kram vollgestopft war. Zum Glück herrschte Vollmond. Juna konnte Werkzeug erkennen und fand ein Messer.

Blue streckte seinen Kopf aus dem Wasser und rief ihr fragende Laute zu. Juna streichelte ihn.

»Nein, Blue. Wir können noch nicht zurück. Ich muss hier etwas erledigen. Du passt auf das Boot auf, ja?«

Mit dem Messer in der Hand sprang sie ins Wasser. Bei Nacht zu tauchen, war beängstigend und schön zugleich. Unter ihr war unergründliches schwarzes Nichts. Über ihr streichelte das schimmernde Mondlicht die Wellen. Juna spürte das warme Wasser um sich herum und fühlte den Frieden, den man nur hier unten im Meer finden konnte.

Sie besann sich auf ihre Mission. Mit kräftigen Zügen schwamm sie auf die Bucht zu. Viel sehen konnte sie nicht, aber das war auch nicht nötig. Ihre Finger ertasteten das Fischernetz, das die Bucht in ein Gefängnis verwandelte. Mit dem Messer schnitt sie es auf. Bald schon hatte sie eine Öffnung, die groß genug war, dass ein ausgewachsener Delfin hindurchpasste. Juna holte noch zweimal Luft und vergrößerte den Riss, bis die Barriere vollkommen zerstört war.

Die Delfine hatten bemerkt, dass hier etwas Seltsames vor sich ging. Sie wagten sich näher an Juna heran und erkundeten die Lage. Dann schoss der erste an ihr vorbei in die Freiheit. Sie konnte hören, dass er aufgeregte Laute von sich gab. Es war nicht schwer zu erraten, welche Nachricht er den anderen überbrachte.

Wir sind frei!

Ein Delfin nach dem anderen sauste durch die Lücke im Netz. Bald schon sah Juna das ganze Rudel über sich. Die Tiere umkreisten sich, berührten einander, zogen wilde Bahnen und vollführten einen Freudentanz im Mondlicht, wie ihn Juna noch nie gesehen hatte. Ihr Glück war ansteckend. Es erinnerte Juna daran, dass es viel Gutes auf dieser Welt gab, für das es sich zu kämpfen lohnte.

Sie kletterte zurück in ihr Boot. Schmunzelnd bemerkte sie, dass von Blue keine Spur zu sehen war. Er hatte seine Familie wiedergefunden und sprang so wild umher, als ob er fliegen wollte.

Ihre Arbeit hier war getan. Jetzt musste sie so schnell wie möglich zurück zu Finn. Ein kräftiger Zug am Startseil, und der Motor schnurrte wieder. Sie packte das Steuerruder, nahm den Kompass aus der Tasche und fuhr mit Vollgas Richtung Norden. Blue und die Delfine begleiteten sie wie eine Eskorte. Immer wieder sprang eines der Tiere in hohem Bogen aus dem Meer. Ihre Leiber glänzten im Mondlicht. Juna hielt Ausschau nach Blue und entdeckte ihn, begleitet von zwei größeren, kräftigeren Tieren. Waren das seine Eltern, seine Geschwister oder Cousins? Vielleicht hätte Pamela ihr das verraten können, schließlich war sie Meeresbiologin. Juna wusste nur eines ganz sicher: Noch nie hatte sie Blue so glücklich gesehen. Er hatte seine Familie wiedergefunden.

Jetzt wurde es Zeit, dass sie ihre fand.

Die Nacht wurde kühl. Über Juna leuchtete ein wolkenloser Sternenhimmel und das Meer blieb glatt wie ein Spiegel. Stunde um Stunde sauste ihr Boot weiter Richtung Norden. Der Fahrtwind durchdrang jede Faser ihrer Kleidung. Fröstelnd kauerte sie sich so tief ins Boot, wie sie konnte, und zog dabei ihre Knie fest an den Körper. Auf keinen Fall wollte sie langsamer werden. Finn war jetzt seit drei Tagen allein. Er hatte seine Vorräte an Nahrung und Wasser wahrscheinlich längst aufgebraucht. Nicht auszudenken, was passierte, wenn er selbst nicht in der Lage war, sich zumindest etwas Wasser zu holen.

»Halte durch, Finn. Ich bin bald bei dir!«

Vom Dröhnen des Motors abgesehen wurde es still um sie herum. Die Delfine waren verschwunden. Juna hob den Kopf und hielt Ausschau nach Blue. Er war zusammen mit den anderen zurückgeblieben. Das hatte sie erwartet und trotzdem tat es weh. Sie hätte sich so gern von ihrem kleinen Bruder verabschiedet. Ohne ihn wäre sie nicht mehr am Leben. Sie schuldete ihm unendlich viel. Und jetzt konnte sie sich nicht einmal bei ihm bedanken.

Sie fand Trost in dem Gedanken, dass er endlich wieder glücklich und im Kreis seiner Familie war. Mehr konnte sie sich nicht wünschen, auch wenn das bedeutete, dass er wahrscheinlich kein Interesse mehr an einer Freundschaft mit einem Menschenmädchen hatte.

Schläfrigkeit überkam sie. Es fiel ihr immer schwerer, den Kurs zu halten. Sie raffte sich auf und warf einen Blick in die Tüte, die Pamela ihr zugeworfen hatte. Sie enthielt Medikamente, deren Namen Juna noch nie gehört hatte, und medizinisches Besteck: Spritzen, Butterfly-Nadeln, Schläuche, sogar Infusionsflüssigkeit. Weiß der Himmel, was sie damit anfangen sollte. Sie grub etwas tiefer und entdeckte Getränkedosen und Lebensmittel. Hungrig öffnete sie eine Packung geräucherte Würste und steckte sich eine in den Mund. Am liebsten hätte sie alle auf einmal aufgegessen, besann sich aber eines Besseren. Finn brauchte diese Vorräte dringender als sie.

Zu ihrer Rechten bemerkte sie ein sanftes fliederfarbenes Schimmern auf dem Wasser. Die Nacht ging zu Ende, ein neuer Morgen erwachte. Die Sonne stieg hinter dem Horizont empor, als ob sie aus einem Meer funkelnder Edelsteine auftauchte, und der Himmel, der mit Wolken betupft war, leuchtete in einem Spektrum der schönsten Farben. Seit ihrer Ankunft auf der Insel hatte Juna dieses Schauspiel immer wieder erleben dürfen, und sie würde sich niemals daran sattsehen können.

Ihr Körper war inzwischen steif vor Kälte. Es war eine Wohltat, die ersten warmen Sonnenstrahlen auf der Haut zu spüren. Sie setzte sich wieder aufrecht ans Steuer und richtete ihren Blick zum Horizont. Sie war die ganze Nacht gefahren, ihre Insel müsste langsam in Sichtweite kommen. Doch da war nichts. Wohin sie auch blickte, überall sah sie nur Wasser.

Sie musste an die Nacht denken, in der sie gemeinsam mit Finn um das große Feuer getanzt war. Damals hatten sie alle Götter, deren Namen ihnen eingefallen waren, um ein Wunder gebeten. Juna wollte die Hoffnung nicht aufgeben, dass ihre Bitte mit etwas Verspätung doch noch erhört wurde.

Bringt mich zu unserer Insel. Bringt mich zu Finn. Helft uns, nach Hause zu kommen.

Wind kam auf und ließ die Wellen höher schlagen. Junas Boot tanzte wild auf und ab und ließ sich immer schwerer kontrollieren. Dunkle Wolkengebirge schoben sich aus dem Süden heran und kündigten einen Sturm an. Sie fürchtete schon, vom Hurrikan überholt zu werden, da wurde ihre Bitte endlich erhört: Sie sah einen Streifen Land in der Ferne, der sich als Insel entpuppte. In ihrer Mitte erhob sich ein kleiner, felsiger Berg, der aussah wie ein abgebrochener Zahn.

Wunder brauchten eben manchmal Zeit.

Juna jubelte vor Glück und hätte am liebsten getanzt. »Finn, ich komme! Ich bin gleich bei dir!«, rief sie.

Ihr Boot hüpfte über die Wellen, bis es schließlich auf Grund lief. Juna sprang ins Wasser und zog es an den Strand. Mit Pamelas Tüte in der Hand lief sie zu der Stelle, an der sie Finn zurückgelassen hatte. Ihre Gedanken kreisten unaufhörlich zwischen Hoffnung und Sorge. Sie mochte sich nicht vorstellen, was in den vergangenen Tagen alles mit ihrem Bruder geschehen sein konnte. Sie vertrieb alle düsteren Bilder und rannte, bis sie die Stelle gefunden hatte.

Finn war verschwunden.

Bruder, wo bist du?

Die Sonne stand hoch am Zenit und wurde von ersten Sturmwolken verhüllt. Das Dach aus Zweigen, das Juna für Finn gebaut hatte, war in sich zusammengefallen, das Bett aus Kleidungsstücken verschwunden. Nur eine leere Flasche verriet, dass Finn einmal hier gelegen haben musste.

Juna drehte sich im Kreis, ließ ihren Blick über die Insel schweifen und rief, so laut sie konnte: »Finn! Finn, ich bin wieder da!«

Ihre Stimme ging im Rauschen der Brandung unter. Juna spürte den Wind in ihren Haaren, der stärker wurde und sich nicht entscheiden konnte, ob er nun von rechts oder links wehen sollte. Sie fegte sich eine Strähne aus den Augen und bemerkte einen dunklen Streifen am Horizont. Wolken ballten sich dort zusammen und schoben sich langsam und bedrohlich auf die Insel zu.

Der Hurrikan.

Juna hatte die Warnung fast vergessen. Jetzt erinnerte sie sich wieder. Sie hatte genug Bilder von Wirbelstürmen gesehen, um zu wissen, welche Kraft ihnen innewohnte. Sie fegten mit vernichtender Stärke über das Land und konnten ganze Städte einebnen. Ihre kleine Insel war dem Hurrikan schutzlos ausgeliefert. Und sie ebenfalls.

»Finn! Wo bist du, großer Bruder?«

Sie folgte ihrem Trampelpfad zur Lagune, in der Hoffnung, ihn am Wasserfall zu finden. Da war niemand. Auch wenn es noch so unwahrscheinlich war, dass Finn mit seinem geschienten Bein klettern konnte, wollte Juna nichts unversucht lassen und hangelte sich zum Felsplateau ihrer Höhle empor. Es war verwaist. Die Höhle selbst war von den Spinnen zurückerobert worden. Als hätte hier nie ein Mensch gewohnt.

Gern hätte Juna geglaubt, dass Finn irgendwie gerettet worden war. Sie wusste es besser. Hier war kein Erwachsener gewesen. Und dennoch war Finn verschwunden. Wie vom Erdboden verschluckt.

Sie kehrte zurück an den Strand, lief am Meer entlang und suchte alle Plätze ab, die sie gemeinsam mit Finn erkundet hatte. Der Wind wurde stärker. Juna musste aus voller Kehle schreien, um die donnernde Brandung zu übertönen.

»Finn! Ich bin zurück, Finn! Bitte sag etwas. Gib mir ein Zeichen!«

Sie lief weiter, kämpfte sich mit der schweren Plastiktüte in der Hand durch den Dschungel und suchte nach einem Aussichtspunkt, der ihr einen besseren Überblick ermöglichte. Sie fand einen alten Baum, der mit seinen ausladenden Ästen bequem zu erklettern war. Rasch hangelte sie sich zum Wipfel empor und sah sich um.

Das Gebräu aus dunklen Wolken schob sich immer

näher an die Insel heran. Blitze zuckten aus dem Inneren hervor. Der Anblick der Naturgewalt ließ Juna frösteln. Ihr blieb nicht mehr viel Zeit, um Finn zu finden. Sie suchte die Umgebung ab, hielt Ausschau nach irgendeiner Spur, und sei sie auch noch so klein und unscheinbar.

Dann bemerkte sie das Stück Stoff. Es war an einen Baum geknotet und flackerte wie eine Fahne im Wind. Finn hatte ihr eine Botschaft hinterlassen!

Juna stürmte zu der Stelle. Der Stofffetzen hing vor einer grünen Wand aus Ästen und Blättern. Sie konnte Schleifspuren am Boden erkennen. Offensichtlich hatte Finn sich mit seinem geschienten Bein durch das Unterholz gekämpft. Sie folgte der Fährte bis zu einer Lichtung. Der Boden hier war so karg, dass nur Moos und dürres Gras darauf wuchsen. Finns Spur verlor sich. Dafür entdeckte Juna ein weiteres Stück Stoff, das an einen Busch gebunden worden war.

Eine Fährte aus abgebrochenen Zweigen führte weiter durch den Wald bis zum Fuße des Felsenberges. Hier wurde der Dschungel lichter. Zwischen den Bäumen pfiff der Wind und ließ Blätter vom Himmel regnen. Aus der Ferne rollte Donner heran und die Luft roch nach Elektrizität. Die Vorboten des Hurrikans.

Juna fand keine weiteren Fähnchen mehr, und auch keine Spuren. »Finn!«, schrie sie verzweifelt. »Finn, ich bin hier!«

Vor dem kaputten Zahn blieb sie stehen und sah nach oben. Vor einigen Wochen (oder waren es Monate?) war sie mit Finn auf die Spitze dieses Berges geklettert, um die Gegend auszukundschaften. Damals war der Aufstieg kein Problem gewesen. Mit einem gebrochenen Bein war er vollkommen unmöglich. Also was hatte Finn hier zu suchen gehabt?

Vielleicht war das, was er gesucht hatte, auf dem Boden zu finden. Juna hatte eine Idee und rannte um den Berg herum. Es dauerte nicht lange, da fand sie ein weiteres Stück Stoff, das in eine Felsspalte geklemmt worden war. Dahinter lag der Eingang zu einer Höhle. Sie war deutlich größer als die, die sie in der Nähe der Lagune bewohnt hatten. Und deutlich besser geschützt.

Mit einem Mal ergab alles einen Sinn. Finn wusste, dass ein Dach aus Ästen und Blättern auf Dauer keinen Schutz vor den Stürmen bot, die die Insel heimsuchten. Da er mit seinem gebrochenen Bein unmöglich klettern konnte, hatte er sich einen neuen Unterschlupf gesucht, der ebenerdig war.

Juna musste lachen und weinen zugleich. »Schlauer großer Bruder.«

Die Höhle führte tief in den Berg hinein. Es wurde kühler und so dunkel, dass Juna sich mit den Händen vorantasten musste. Sie hörte ein schweres Atmen.

»Finn? Bist du das?«

Das Atmen stockte. »Juna?«

Sie wollte tanzen vor Freude. »Finn, großer Bruder! Ich bin zurück! Ich bin wieder da!«

»Oh, Juna …«

Sie berührte seine Hand und packte ihn so fest, dass er keine Luft mehr bekam.

»Ich hatte solche Angst …«, schluchzte sie.

Finns Stimme war brüchig wie dünnes Glas. »Ich dachte schon, ich sehe dich nie wieder.«

»Ich bin wieder da, Finn. Und ich gehe nie wieder weg, verstehst du? Nie wieder.«

Sie hielten sich aneinander fest, bis Finn nicht mehr konnte. Er sank zurück auf den Boden. Junas Augen hatten sich ein wenig an die Dunkelheit gewöhnt. Sie konnte sehen, dass er alles an Vorräten hierhergeschleppt hatte und auf einem Bett aus Kleidern lag. Sein Bein war noch immer geschient und angeschwollen.

»Es tut mir so leid, dass ich einfach weggegangen bin. Ich hätte dich nicht allein lassen sollen«, sagte Juna.

Er zwang sich zu einem Lächeln. Juna konnte sehen, wie schwer es ihm fiel. Abgemagert sah er aus. Seine Augen lagen tief in den Höhlen, seine Wangenknochen traten hervor. Juna war fast froh, dass das Licht hier so schlecht war, dass sie nicht alles genau erkennen konnte.

»Es war schon gut, dass du mich nicht gefragt hast. Ich hätte es nie zugelassen, dass du dich allein in Gefahr begibst«, brachte er hervor.

»Ich war nicht allein. Blue war bei mir. Es gibt viel zu erzählen, Finn. Aber jetzt zeig mir erst mal dein Bein.«

Juna berührte das geschiente Bein. Es fühlte sich heiß an und Finn zuckte zusammen.

»Tut es sehr weh?«

Er wollte tapfer sein und schüttelte den Kopf. Sein schmerzverzerrtes Gesicht strafte ihn Lügen. Besorgt legte ihm Juna die Hand auf die Stirn.

»Du hast ja immer noch Fieber.«

»Es wird schon besser. Das Bein war sogar richtig gut, bis ich …«

»Bis du quer über die Insel gewandert bist und nach einem Unterschlupf gesucht hast.«

»Ich wusste, wo die Höhle ist. Die habe ich schon vor Wochen entdeckt. Den Weg ohne meine Brille zu finden und die ganzen Sachen hierherzuschleppen, das war der schwierige Teil«, stöhnte Finn. »Ich hab mich vorangetastet wie ein Blinder. Hat den ganzen Tag gedauert.«

»Vielleicht hättest du etwas langsamer machen sollen«, seufzte Juna.

Finn sah sie ernst an. »Du kannst dir nicht vorstellen, was sich hier abgespielt hat. Noch niemals habe ich solche Gewitter erlebt. Ich konnte nicht länger da draußen am Waldrand bleiben.«

Wie zum Beweis donnerte es und Juna konnte das Prasseln des Regens hören. Der Sturm wütete heftiger. Finn bemerkte ihr sorgenvolles Gesicht.

»Was ist denn?«

Sie beschloss, ihm die Wahrheit zu sagen. »Ein Wirbelsturm kommt auf uns zu.«

»Ein Wirbelsturm? Bist du ganz sicher?« Finn sank geschwächt auf den Rücken und starrte an die Höhlenwand. »Das hört nie auf…«

Es tat Juna weh, ihn so zu sehen. Er brauchte etwas Hoffnung. Etwas, das ihn aufmuntern würde.

»Hätte ich fast vergessen. Ich habe dir was mitgebracht.«

Er schloss die Augen. »Was denn diesmal? Noch mehr Plastikflaschen? Nein, warte, ich hab's: Du hast Geld gefunden. Können wir hier wirklich dringend brauchen.«

»Viel besser«, sagte Juna und leerte Pamelas Tüte vor ihm aus.

Finn war für einen kurzen Moment sprachlos. Er ließ seine Finger über all die Gegenstände streichen, die da vor ihm lagen. »Sind das…«

»Medikamente. Essen. Und das hier.«

Triumphierend hielt Juna eine kleine Schachtel hoch.

»Streichhölzer!«, schrie Finn.

»Frieren werden wir nicht mehr«, lachte Juna.

Finn schöpfte tatsächlich Hoffnung. Für einen Moment sah Juna wieder das fröhliche Blitzen in seinen Augen. »Du musst mir alles erzählen«, bat er.

Und das tat sie.

Im Auge des Sturms

Bald darauf flackerte ein Feuer in der Höhle, das ihnen Licht und Wärme spendete. Juna hatte sich noch einmal nach draußen gewagt und in aller Eile Brennholz gesammelt. Jetzt hatten sie genug Vorräte, um für eine ganze Weile versorgt zu sein. Vor ihrer Höhle tobte ein Gewitter mit Donner, Blitz und peitschendem Regen. Juna und Finn störte das nicht; sie hatten den Eingang mit Steinen und Felsbrocken verbarrikadiert und konnten sich in ihrem sicheren Unterschlupf einigeln. Das Wüten des Sturms konnte ihnen nichts mehr anhaben.

Juna studierte die Beipackzettel der Medikamente. »Ich glaube, das hier ist ein Antibiotikum«, sagte sie. »Und die kleinen weißen Tabletten sind ein Mittel gegen Schmerzen und Fieber.«

Finn nahm jeweils eine Pille und schluckte sie.

Juna gab ihm einen Schluck Wasser zum Runterspülen. »Prost, Gesundheit.«

»Danke, kleine Schwester.«

Sie schwiegen und lauschten dem Heulen des Windes. Finn formte Figuren mit seinen Händen und erzeugte ein Schattenspiel an der Wand. Es erinnerte Juna an zwei spielende Kinder.

»Erzähl mir noch mal von dem Funkgerät«, bat er.

Juna hatte ihm die Geschichte schon mindestens dreimal erzählt. Sie wusste, warum er sie gern hörte. Wahrscheinlich aus demselben Grund, aus dem sie sie sich gern in Erinnerung rief.

»Das war wirklich seltsam. Ich habe nach dem richtigen Sender gesucht, und dann war da die Stimme einer Frau. Zuerst wusste sie nicht, wer ich bin. Ich glaube, sie hat mich für eine Verrückte gehalten. Oder sie dachte, ich will ihr einen blöden Streich spielen. Aber dann hat sie ganz plötzlich unsere Namen gesagt.«

»Unsere Namen? Und du bist dir auch ganz sicher?«

»Wie viele Kinder wird es wohl geben, die hier draußen vermisst werden und ganz zufällig Juna und Finn heißen?«

»Garantiert einige«, sagte Finn und grinste.

Seine gute Laune war ansteckend. Juna legte sich neben ihn und beteiligte sich an seinem Schattenspiel. Sie hielt ihre Finger in den Schein des Feuers. Aus zwei Figuren wurden vier. Wie eine kleine Familie.

»Jetzt wissen sie, dass wir noch leben«, sagte Finn. »Sie werden nach uns suchen. Und irgendwann finden sie uns.«

»Ja. Irgendwann finden sie uns.«

Juna fröstelte und kuschelte sich eng an ihren großen Bruder. Draußen heulte der Sturm und rüttelte an ihrer Mauer aus Stein. Juna hörte nicht mehr hin. Sie blickte in ihr Feuer und lauschte dem leisen Prasseln. In den letzten Tagen hatte sie kaum Schlaf gefunden. Jetzt übermannte sie eine tiefe Müdigkeit.

»Du, Finn?«

»Hm?«

»Ich muss jetzt ein bisschen schlafen. Wenn ich aufwache, wirst du bei mir sein, ja?«

Finn deckte sie zu. »Ich verspreche es, Juna.«

»Gut«, sagte Juna.

Dann schloss sie die Augen und sank in einen tiefen Schlummer.

Juna wusste nicht, wie lange sie schlief. Als sie wieder erwachte, sagte ihr Finn, dass bestimmt ein ganzer Tag und eine ganze Nacht vergangen waren. Er hatte über sie gewacht und das Feuer am Leben gehalten, damit sie nicht fror. Unterdessen hatte der Wirbelsturm getobt wie eine wilde Bestie, so fürchterlich wie er es noch nie zuvor erlebt hatte. Mehr als einmal hatte Finn befürchtet, dass ihre Barriere aus Steinen nicht halten würde oder die ganze Höhle einstürzen könnte.

»Und du hast alles verschlafen!«

Juna nahm sein Bein in Augenschein. Die Schwellung ging zurück, das Fieber auch. Das Antibiotikum schien zu wirken. Finn konnte jetzt sogar aufstehen, ohne Schmerzen zu haben.

Gemeinsam gingen sie zum Eingang der Höhle. Durch einen Spalt zwischen den Steinen konnten sie Schattierungen aus Grau sehen: Himmel, Erde, das ganze Universum schien grau zu sein. Dunkle Wolken türmten sich am Firmament auf, sodass man unmöglich abschätzen konnte, welche Tageszeit herrschte. Sturmwind peitschte Regen über die Insel. Der Hurrikan wütete unvermindert weiter.

Juna kehrte ans Feuer zurück, aß etwas, trank etwas und schlief wieder ein. Finn blieb an ihrer Seite, deckte sie zu und gab ihr zu trinken, wenn sie durstig war.

Am dritten Tag wachte Juna mit einem Bärenhunger auf. Finn war schon länger auf den Beinen, hatte Regenwasser gesammelt und die Reste von Pamelas Vorräten auf zwei Portionen verteilt.

»Guten Morgen, Schlafmütze«, sagte er. »Hier, ein Kraftfrühstück für dich.«

Begeistert machte sich Juna über die wilde Mischung aus Keksen, getrockneten Früchten und Räucherwürsten her. Sie hätte einen Ochsen verschlingen können, so hungrig war sie. Finn beobachtete sie amüsiert.

»Sind leider unsere letzten Vorräte. Du hast nicht zufällig irgendwo eine zweite Tüte versteckt?«

Juna schüttelte den Kopf. Erstaunt riss sie ihre Augen auf. Finn humpelte ohne Krücke in der Höhle umher.

»Du kannst ja wieder gehen!«

Er grinste stolz. »Klar. Ich trainiere schon für den Marathon, siehst du doch.«

Sie sprang auf und fiel ihm in die Arme. »Finn! Das ist großartig. Ich freue mich so.«

»Das habe ich dir zu verdanken«, sagte er.

»Und Blue«, fügte Juna hinzu.

»Und Blue«, stimmte Finn lachend mit ein.

Ein Schatten huschte über Junas Gesicht, als sie an ihren kleinen Bruder dachte. Sie vermisste ihn so sehr. Doch sie wollte jetzt nicht traurig sein.

»Lass uns einen Blick nach draußen werfen«, schlug sie vor.

Finn ließ sich nicht lange bitten. Er ging zum Eingang und schob ein paar Steine zur Seite, bis er ein Loch geschaffen hatte, das groß genug war, dass er seinen Kopf durchstecken konnte. Juna glaubte, den Regen zu hören.

»Und? Wie sieht's aus?«

Finn grinste spitzbübisch. »Ohne meine Brille bin ich blind wie ein Maulwurf, weißt du doch. Schau am besten selbst.«

Juna ging auf das Fenster zu und blickte hinaus. Sonnenlicht blendete sie, so gleißend hell, dass es fast unwirklich erschien.

»Finn! Der Sturm, er ist verschwunden«, rief sie. Sie klatschte in die Hände. »Wir haben es geschafft!

»Worauf warten wir dann noch?«, lachte er.

Schnell warfen sie die Steine und Felsbrocken zur Seite, bis der Durchgang groß genug war, dass Juna hindurchkriechen konnte. Sie krabbelte in die Freiheit. Sanfter, warmer Nieselregen sank auf sie herab und glitzerte in der Sonne wie Sternenstaub. Dort, wo der Sturm am stärksten gewütet hatte, war ein ganzer Wald dem Erdboden gleichgemacht worden. Juna konnte das Meer sehen und den weiten Himmel. Ein Regenbogen leuchtete über der Insel wie ein Zeichen der Hoffnung. Allen Stürmen zum Trotz, das Leben würde weitergehen.

»Komm, Finn«, rief sie.

Finn hatte Mühe, mit seinem geschienten Bein und ohne Brille über das Geröll zu klettern. Juna reichte ihm die Hand und half ihm.

»Was hast du vor?«, fragte er.

»Na, was schon? Wir kehren zurück zu unserer Lagune. Dort haben wir den besten Überblick. Falls sie uns abholen kommen, meine ich.«

Finn zögerte, und Juna kam sich plötzlich sehr dumm vor.

»Entschuldige, ich habe ganz vergessen, dass du nicht klettern kannst«, seufzte sie.

Finn zuckte mit den Schultern. »Ach was, ich schaffe das schon.«

»Bist du sicher?«

»Ist schließlich nicht der Mount Everest, oder? Versuchen wir's. Wenn es nicht geht, finden wir eben eine andere Lösung.«

Juna lächelte. Sie war stolz auf ihren großen Bruder.

Zurück im Paradies

Zum Glück war Finn ein Kämpfer, und obwohl er immer wieder Pausen machen musste, gab er so schnell nicht auf. Mit Junas Hilfe kletterte er schließlich den Felsen empor. Schwer atmend blieb er auf dem Plateau vor ihrer alten Höhle sitzen. Am Himmel leuchteten Wolken in einem Spiel aus Farben, wie man es nur nach einem Sturm erleben konnte, so klar und hell, dass es fast unwirklich war

Juna setzte sich neben Finn. Ihr war, als wäre sie nach Hause zurückgekehrt. Sie hörte das Rauschen ihres Wasserfalls, sie sah das tiefe, leuchtende Blau der Lagune zu ihren Füßen und roch den Duft des Ozeans. Gewiss, ihre Insel hatte sich verändert. Ganze Küstenteile waren vom Hurrikan weggespült worden, ganze Wälder verschwunden. Der Anblick tat weh. Zugleich wusste Juna, dass die Spuren der Verwüstung bald wieder verschwunden sein würden. Dort, wo Bäume und Gestrüpp hinweggefegt worden waren, würde sie bald die ersten Spuren des frischen Grüns erkennen. Das war der Kreislauf des Lebens.

Sie blickte zu Finn. »Du hast es geschafft«, sagte sie.

»Hinauf schon. Aber runter nicht mehr. Jedenfalls nicht ohne Hubschrauber.«

Sie verpasste ihm einen liebevollen Schubs in die Seite. »Tja, Pech gehabt. Dieses Mal musst du die Höhle ausfegen und ich hole die Vorräte.«

Er ließ sich auf den Rücken fallen und stöhnte theatralisch. »Na großartig. Du hast den Spaß, und ich bin hier oben gefangen.«

»Du wirst es überleben, großer Bruder.«

»Hast ja recht. Los, fangen wir an.«

Finn richtete die alte Höhle wieder her, bastelte ein Vordach, eine Tür und zwei Betten. Juna sammelte Feuerholz und baute eine neue Reuse zum Fischfang. Die Befürchtung, dass sie ihren Hunger mit gegrillten Spinnen stillen mussten, bewahrheitete sich zum Glück nicht. Der Sturm hatte einige Kokosnüsse von den Palmen geschüttelt, die sie unter Bergen von Ästen und Geröll ausgraben konnte. Fleißig schaffte sie alle Vorräte zur Lagune und band sie mit einem Seil zusammen, sodass Finn sie ganz elegant auf das Plateau hochziehen konnte.

Als der Abend dämmerte, flackerte wieder ein Feuer vor ihrer Höhle. Sie aßen still, blickten hinaus aufs Meer und warteten, bis die Sterne hervortraten.

»Was glaubst du, wie lange wird es wohl dauern, bis sie kommen?«, fragte Juna.

Finn wusste nicht, was er darauf antworten sollte. Er schnitzte an seinem Speer herum. Juna stupste ihn in die Seite.

»Finn! Jetzt, wo der Sturm vorbei ist, werden sie doch ganz bestimmt wieder nach uns suchen. Oder etwa nicht?«

»Ja, bestimmt«, sagte Finn und hielt inne. Er wirkte nachdenklich. »Weißt du, Juna, seit wir hier sind, ist keine Minute vergangen, in der ich mich nicht gefragt habe, wann sie endlich kommen und uns retten. Aber bis jetzt ist niemand gekommen. Und weißt du was? Es ist mir langsam egal.«

Juna machte ein erschrockenes Gesicht. »Was soll das heißen?«

Finn verschränkte die Arme hinter seinem Kopf und legte sich auf den Rücken. »Meinem Bein geht's endlich wieder besser, ich habe genug zu essen und zu trinken, und am wichtigsten von allem: Du bist wieder bei mir.« Er sah sie an. »Vielleicht retten sie uns morgen, vielleicht in drei Monaten, vielleicht ...«

Juna wollte nicht, dass er den Satz vollendete, und schüttelte den Kopf. »Nein, Finn. Sag's nicht. Bitte.«

»Egal, ich habe die Nase voll vom Warten. Lass uns einfach hier sein, auf unserer Insel, und das Beste daraus machen, ganz egal wie lange es dauert. Was meinst du?«

Der Gedanke gefiel Juna. Sie lächelte. »Okay.«

Drei Tage vergingen, in denen sie ihren Aufgaben nachgingen, Vorräte sammelten und Pläne schmiedeten. Finn behielt die Umgebung im Blick, so gut das ohne seine Brille ging. Auch Juna hielt regelmäßig inne und sah hinaus aufs Meer. Sie hätte enttäuscht sein müssen, dass keine Rettung in Sicht war, doch Finns Worte hatten sie zum Nachdenken gebracht. Das Gestern war lange vorbei, und niemand wusste, was das Morgen brachte. Sie wollte nicht mehr nur auf Rettung warten, sie wollte ganz hier sein, in ihrem kleinen Paradies, und einfach nur leben.

Am dritten Tag hatte Finn sein letztes Antibiotikum geschluckt. Er brauchte kein Schmerzmittel mehr und konnte immer besser gehen. Am liebsten hätte er sich die lästige Schiene vom Bein gerissen und in die Lagune geworfen. Juna riet ihm jedoch, damit noch etwas zu warten. Selbst wenn der Bruch langsam verheilte, war es bestimmt besser, das Bein noch ein wenig zu schonen.

Nach einem Wechselspiel von Sonne und Regen wurde es am vierten Tag endlich wieder warm, sodass Juna baden konnte. Sie entledigte sich ihrer Kleidung und rannte jubelnd ins Wasser. Die Wellen klatschten ihr ins Gesicht. Sie ließ sich fallen. Das Meer war herrlich warm. Sie tauchte tief hinab und betrachtete die bunten Fischschwärme, die auseinanderstoben, als sie hindurchschwamm. Sie stellte sich vor, dass Blue an ihrer Seite war und mit ihr spielte. So wie früher. Sie fragte sich, wo er jetzt wohl sein mochte und was er gerade tat. Bestimmt war er mit den anderen Delfinen auf der Jagd oder spielte mit seinen Brüdern Fangen.

Sanfte Wellen schaukelten sie auf und ab. Juna ließ

sich auf dem Rücken treiben und beobachtete die Schäfchenwolken am Himmel. Sie wusste inzwischen, dass sie Teil dieser Welt war, dass alles irgendwie zusammengehörte, ihre Insel, der Dschungel, das Meer, die Tiere, die Sonne, der Regen.

Etwas berührte sie am Rücken. Etwas Großes. Viel größer als Blue.

Juna schrie auf. Die Erinnerung an die Haiattacke durchzuckte sie und ließ sie starr werden vor Angst. Ihr Herz schlug bis zum Hals. Sie schwamm so schnell sie konnte Richtung Strand. Das Ding unter Wasser war schneller. Da war es wieder, strich an ihren Armen und Beinen entlang.

Juna hielt inne. Sie wirbelte herum.

»Blue, bist du das?«

In diesem Augenblick schoss ein Delfin aus dem Meer hervor und sprang über sie hinweg. Er klatschte ins Wasser und spritzte Juna voll. Sie konnte ihr Glück kaum fassen.

»Blue!«

Ihr kleiner Bruder streckte seine Schnauze hervor und pfiff aufgeregt. Juna liefen Tränen der Freude die Wangen hinunter. Sie wollte ihn umarmen, sich an ihm festhalten. Blue entwand sich und umkreiste sie aufgeregt. Er wollte ihr etwas sagen. Oder besser: Ihr jemanden vorstellen.

Seine Familie.

Plötzlich sah sich Juna von Delfinen umringt. Einige von ihnen waren deutlich größer und kräftiger als Blue. Sie schwammen um Juna herum. Sie spürte den Wirbel ihrer Flossenschläge und streckte ihre Hände aus, um sie zu berühren.

»Hallo, ihr alle«, lachte sie. »Schön, euch endlich kennenzulernen! Ich bin Juna. Könnt ihr das auf Delfinisch sagen? Blue, du musst für mich übersetzen.«

Blue klickte und pfiff. Die Delfine antworteten. Bei ihrer ersten Begegnung hatten sie Juna noch mit Argwohn betrachtet. Jetzt suchten sie ihre Nähe und spielten mit ihr. Juna schwamm gemeinsam mit ihnen, ließ sich von ihnen ziehen und tauchte an ihrer Seite in die Tiefe. Sie nahmen Juna in ihre Mitte auf, als wäre sie selbst ein Delfin.

Juna blieb, bis die Sonne unterging, dann verabschiedete sie sich und schwamm zurück zum Strand. Blue begleitete sie, so weit er konnte. Sie streichelte ihn liebevoll.

»Ich komme morgen wieder, Blue. Und jeden Tag, wenn ich kann.«

Blue gackerte, als hätte er jedes Wort verstanden. Juna beobachtete lächelnd, wie er zu seiner Familie zurückkehrte.

Beim Feuer erzählte sie Finn von ihrer Begegnung. Sie redete wie ein Wasserfall. Finn aß den Fisch, den sie gegrillt hatten, und lauschte aufmerksam.

»Morgen musst du mitkommen!«, bat Juna. »Sie werden dich mögen, ganz bestimmt.«

»Hm, mal sehen«, sagte Finn. Er schwamm nicht gern im Meer, weil er Angst hatte vor dem, was sich unter der Oberfläche verbarg.

Juna ließ nicht locker. Sie redete so lange auf ihn ein, bis es ihr am nächsten Nachmittag endlich gelang, ihn ins Wasser zu zerren. Er schimpfte und jammerte, dass das Salz in seinen Augen brannte, dass die Wellen viel zu hoch waren und dass er ohne seine Brille kaum etwas sehen konnte. Als Juna keine seiner Ausreden gelten ließ, deutete er auf sein Bein: »Der Bruch ist noch nicht ganz verheilt, ist bestimmt eine blöde Idee, zu schwimmen.«

»Jetzt hör schon auf, du alter Stinksocken«, lachte Juna und zog ihn hinter sich her. »Schwimmen schadet deinem Bein nicht. Komm, wir müssen noch etwas weiter raus. Blue ist bestimmt irgendwo hier in der Nähe.«

»Ich will aber nicht weiter raus! Mein Bein …«

»Dem geht's gut. Jetzt komm schon.«

Maulend schwamm Finn hinter ihr her und sah sich plötzlich von Delfinen umringt. Zuerst hatte er Angst. Juna nahm seine Hand und streichelte mit ihm gemeinsam über die Rücken der Tiere.

»Das mögen sie, siehst du?«

Ein unsicheres Lächeln kam über Finns Lippen. »Fasst sich komisch an. So glitschig. Und zugleich so …«

»Schön?«

Er nickte und verlor seine Scheu. Gemeinsam mit Juna spielte er im Wasser, schwamm mit den Delfinen, ließ sich von Blue ziehen und wagte sich sogar auf einen kurzen Tauchgang. Sie blieben zusammen, bis die Sonne unterging.

An diesem Abend war es Finn, der wie ein Wasserfall redete. Er schwärmte von seinen Erlebnissen. Jedes Detail ließ er in seinen Geschichten noch einmal lebendig werden. Von jetzt an wollte er jeden Tag mitkommen ins Meer.

Juna hörte ihm lächelnd zu, bis sie am Feuer einschlief. Sie freute sich auf den neuen Tag.

Es sollte ihr letzter werden auf der Insel.

Der letzte Tag

Der Regen kehrte zurück. Juna und Finn saßen unter dem Vordach ihrer Höhle und beobachteten das Spiel der Tropfen auf den Blättern. Zu Hause in der Stadt hatten sie das schlechte Wetter verflucht und darüber geschimpft. Hier draußen auf der Insel hatten sie gelernt, damit zu leben. Es regnete eben manchmal, und wenn das geschah, vertrieben sie sich die Zeit mit anderen Dingen. Juna bastelte etwas aus einem Stück Draht, das der Sturm angespült hatte.

»Sieh mal! Ein Grillrost«, sagte sie stolz. »Ideal zur Zubereitung von gegrilltem Fisch.«

Finn lächelte. Seit Stunden ritzte er mit seinem Messer etwas in eine Schiffsplanke, die sie am Strand gefunden hatten.

»Was treibst du da eigentlich?«, fragte Juna.

»Ich habe genau überlegt, wie lange wir schon hier sind, und einen Strich gemacht, für jeden Tag, an den ich mich erinnern kann.« Er zeigte ihr die Planke. Juna staunte nicht schlecht. Das waren wirklich sehr viele Striche. Waren wirklich schon so viele Wochen vergangen? Sie hatte jedes Gefühl für Zeit verloren.

»Und? Was hast du herausgefunden?«, fragte sie.

Finn zuckte mit den Schultern. »Naja, also wenn ich

richtig gerechnet habe, dann ist morgen mein Geburtstag.«

Juna strahlte. »Du hast Geburtstag? Echt jetzt?«

»Ich werde vierzehn. Lässt sich nicht ändern.«

»Und? Was wünschst du dir?«

»Eine neue Brille, damit ich endlich wieder richtig sehen kann«, seufzte Finn.

»Das ist doch kein Geburtstagsgeschenk! Du musst dir was Richtiges wünschen. Etwas Verrücktes, das man sonst nicht bekommt.«

Finn schmunzelte und drehte seine Locken durch die Finger. »Na gut, dann … einen Kühlschrank, der bis zum Rand voll ist mit der ungesündesten Limonade, die es gibt. Und einen ganzen Karton voll mit Schokolade und Süßigkeiten. Eine richtige Bettdecke und ein weiches Kissen. Und einen riesengroßen Fernseher, auf dem den ganzen Tag nur Fußball läuft.«

»Ein riesengroßer Fernseher? Wie soll der denn in unsere Höhle passen?«, lachte Juna.

»Okay, wie wär's dann mit einer größeren Höhle? Hauptsache, ich kann endlich wieder mal ein Spiel sehen.«

Juna sah ihren großen Bruder an. Seinen größten Wunsch hatte Finn nicht ausgesprochen. Das war auch nicht nötig. Juna wusste, was das war.

»Das mit dem Fernseher könnte schwierig werden«, sagte sie. »Aber vielleicht finde ich einen Karton voll mit Süßigkeiten in unserem Schiffswrack.«

»Ich hab eine bessere Idee. Wir bestellen schönes Wetter und gehen mit Blue und seiner Familie schwimmen.«

»Klingt auch gut«, sagte Juna.

Sie wusste, dass ihm etwas auf der Seele lag. Auch wenn er es nicht zugeben wollte, das Stillsitzen und Warten fiel ihm jeden Tag schwerer. Manchmal, wenn er sich unbeobachtet fühlte, konnte sie seinen traurigen Blick sehen, der zum Horizont ging. Sie beschloss, alles dafür zu tun, dass er morgen nicht traurig sein würde. Er sollte einen unvergesslichen Geburtstag haben. Schließlich wurde man nur einmal im Leben vierzehn.

Am Nachmittag klarte der Himmel auf und die Sonne schien.

»Ich sehe mal nach unserer Reuse. Vielleicht haben wir wieder was gefangen«, sagte Juna.

»In Ordnung«, gab Finn zurück. Er hatte sich auf die faule Haut gelegt und döste in der Sonne.

Juna ging am Strand spazieren und suchte nach Muscheln. Sie hatte bereits ein paar schöne Exemplare gesammelt. Ihre prächtigste war so groß wie ihre Faust und hatte die Form einer Schnecke. Die Innenseite leuchtete in allen Farben des Regenbogens, wenn man sie in die Sonne hielt. Juna wollte eine Kette basteln und die Regenbogenmuschel sollte das Prunkstück werden. Finn würde sich gewiss darüber freuen.

Barfuß ging sie durch die Brandung. Wellen spülten sanft um ihre Füße. Sie bohrte ihren Zehen in den weichen, warmen Sand und genoss das Spiel des Windes in ihren Haaren. Heute war ein guter Tag zum Muschelsammeln. Juna entdeckte viele schöne Exemplare, die perfekt zu ihrer Kette passten. Sorgsam wusch sie sie im Wasser und steckte sie in die Tasche.

Sie bemerkte einen Schatten und drehte sich um. Die Silhouette einer Gestalt stand vor ihr. Die Sonne blendete sie so stark, dass sie kaum etwas erkennen konnte.

»Finn?«

Zu groß für Finn. Juna konnte sehen, dass es sich um eine Frau handelte. Ihr langes Haar flatterte im Wind. Für die Dauer eines Herzschlags glaubte sie, einem Engel gegenüberzustehen. Wie angewurzelt blieb sie stehen und hielt sich die Hand vor die Augen. Sie wusste nicht, ob sie lachen oder weinen sollte. Sie wusste nicht, ob sie ihren Sinnen trauen konnte. Sie wusste gar nichts mehr. Ihrem Gegenüber erging es nicht besser. Sekundenlang standen sie sich gegenüber, ohne atmen zu können.

»Juna?«

Juna kannte diese Stimme. Sie hatte sie sanft in den Schlaf gesungen, hatte sie getröstet, wenn sie traurig war, und getadelt, wenn sie Unsinn gemacht hatte. Aber das konnte nicht sein. Das war völlig unmöglich.

»Mama?«

Die Frau schluchzte und stolperte auf sie zu. »Oh, Juna. Meine Juna.«

Juna wurde gepackt und festgehalten. Sie wusste nicht,

ob sie wach war oder alles nur träumte. Diese starken Arme, die sie festhielten, das Haar, das nach Lavendel duftete, die schlanken Hände, das alles war real. Juna spürte es in ihrem Herzen.

Ihre Mutter war endlich hier.

In diesem Moment brachen die Dämme. Juna lachte und weinte, berührte das Gesicht ihrer Mutter, nahm ihre Hände und hielt sie fest, als ob sie sie nie mehr loslassen wollte. Sie war hier, sie war gekommen und würde sie nach Hause bringen.

Endlich nach Hause.

Ihre Mutter strich ihr übers Gesicht, berührte ihre Wangen und sah ihr in die Augen. »Es geht dir doch gut, ja? Geht es dir gut?«

»Es geht mir gut, Mama. Es geht mir gut.«

Noch einmal wurde Juna gepackt und so fest gedrückt, dass ihr fast die Luft wegblieb. Die Tränen ihrer Mutter durchnässten ihr T-Shirt. Mehrere Menschen liefen über den Strand auf sie zu, Männer und Frauen in Uniformen. Leute mit Kameras und andere, die Notfallkoffer bei sich trugen. Ein ganz besonders großer Mann mit grauen Haaren rannte direkt auf Juna zu. Es war Sven, Finns Vater.

»Juna! Oh Gott, Juna. Ist Finn bei dir? Lebt er? Geht es ihm gut?«

»Er ist oben bei der Höhle! Er wartet schon auf dich«, brachte Juna hervor.

Der Mann mit den breiten Schultern weinte wie ein Kind, als er das hörte. Er gab Juna einen Kuss auf den Haarschopf und rannte in die Richtung, die sie ihm wies.

»Finn!«, rief er, so laut er konnte. »Finn, mein Großer, wo bist du?«

Finn humpelte ihm entgegen. Er hatte es ganz allein geschafft, von dem Felsplateau zu klettern, und fiel seinem Vater in die Arme. Das Glück, die beiden zu sehen, war so unbeschreiblich, dass Juna das Gefühl hatte, platzen zu müssen.

»Wir haben euch überall gesucht, auf allen Inseln und Atollen, die wir finden konnten«, sagte ihre Mutter. »Aber wir haben in der falschen Richtung gesucht. Irgendwann haben sie uns gesagt, dass es sinnlos ist. Dass ihr bestimmt längst ertrunken oder verhungert seid. Unser Protest hat nichts genutzt, sie haben die Suchaktion eingestellt. Juna, wir wussten immer, dass ihr noch lebt. Wir haben weitergemacht, jeden Tag und jede Nacht. Dein Funkspruch war die erste echte Spur. Endlich konnten wir das Suchgebiet eingrenzen. Du hast uns hierhergeführt.«

»Das alles haben wir Blue zu verdanken«, sagte Juna.

Ihre Mutter streichelte ihr über die Wangen. »Blue? Lebt noch jemand hier auf der Insel?«

Juna musste lächeln. Sie konnte nicht genug bekommen von der Wärme ihrer Mutter und umarmte sie noch einmal. »Du musst ihn unbedingt kennenlernen, Mama. Er ist was ganz Besonderes.«

Ein grauhaariger Mann kam auf sie zu und taxierte sie über den Rand seiner Halbmondbrille. Er sagte etwas, das sie nicht verstehen konnte. Hilfe suchend blickte sie zu ihrer Mutter.

»Das ist Dr. Seyan. Er möchte, dass du mit zum Schiff kommst, damit er dich untersuchen kann«, sagte sie.

»Gibt's da auch was zu essen?«, fragte Juna hoffnungsvoll.

Ihre Mutter lachte aus vollem Herzen. »Alles, was du willst!«

Abschied

Die »Neptun« war ein Rettungsschiff von beeindruckender Größe, fast wie ein schwimmendes Krankenhaus. Sie verfügte über einen Operationssaal, eine Kantine, eine Bar, sogar eine Druckkammer für Tauchunfälle. Staunend sah Juna die langen Korridore. Es roch seltsam hier, eine Mischung aus Abgasen, Desinfektionsmittel und Parfüm. Die Gerüche der Zivilisation. Die Menschen hier trugen saubere Uniformen und schienen stets in Eile zu sein. Juna wusste, dass sie sie anstarrten. Die beiden Kinder, die wochenlang auf einer einsamen Insel überlebt hatten, waren eine kleine Sensation.

Junas erste Station war die Kantine. Sie durfte sich etwas zu essen wünschen und entschied sich für Spaghetti mit Tomatensoße, grünen Salat und ein großes Glas Zitronenlimonade mit viel Eis. Sie schaufelte alles in sich hinein und bestellte zur Freude des Kochs noch zweimal Nachschlag.

Anschließend bat sie Dr. Seyan freundlich in sein Sprechzimmer. Er hörte ihr Herz und ihre Lungen ab, wog sie, sah ihr in die Augen, entnahm ihr Blut und übergab sie mit einem zufriedenen Lächeln in die Obhut ihrer Mutter.

»Der Doktor meint, es ist ein Wunder. Du hast zwar

viel Gewicht verloren, aber du bist kerngesund«, sagte sie.

»Und was ist mit Finn?«

Ihre Mutter seufzte. »Sein Bein ist nicht ganz gerade zusammengewachsen. Er muss wohl noch einmal operiert werden. Aber keine Sorge, er wird wieder ganz gesund. Jetzt dusch erst mal, und dann besorgen wir dir frische Kleidung.«

Juna bekam eine schöne, große Koje mit eigenem Badezimmer. Es war seltsam, wieder richtig duschen zu können. Das Wasser war zu warm, das Shampoo roch nach künstlichen Veilchen und der Kamm verfing sich in ihren verfilzten Haaren. Irgendwann stand Juna vor dem Spiegel, frisch gewaschen und gekämmt, mit sauberer, nach Parfüm riechender Kleidung, und starrte sich an, als ob sie ins Gesicht einer Fremden blickte.

Es klopfte an ihrer Tür. Finn trat ein. Sie erkannte ihn kaum wieder. Sein lockiges Haar hatte wieder seine alte Pracht. Er trug ein sauberes Hemd und Jeans, an denen noch das Preisschild hing. Dank der Brille auf seiner Nase konnte er endlich wieder richtig sehen. Er wirkte verändert. Und an seinem Gesichtsausdruck konnte Juna erkennen, dass er ähnlich empfand wie sie.

»Komisch, wieder unter Leuten zu sein, was?«

Juna nickte. »Das alles hier ist komisch. Wahrscheinlich müssen wir uns wieder an unser altes Leben gewöhnen.«

»Ja, wahrscheinlich.«

Ein Ruck ging durch das Schiff. Die gewaltigen Dieselaggregate, die ihre Arbeit bislang leise surrend im Bauch des Schiffes verrichtet hatten, erwachten zum Leben.

»Was hat das zu bedeuten?«, fragte Juna.

»Die Motoren fahren hoch. Wir werden jeden Moment ablegen. Dann geht es nach Hause.«

Juna zuckte erschrocken zusammen. »Jeden Moment? Aber das geht nicht!«

Sie rannte los.

»Juna!«, rief Finn. »Juna, bleib hier! Was hast du denn vor?«

»Ich muss noch etwas erledigen!«, rief sie.

Sie rannte über das Deck, vorbei an den Menschen, riss sich die Kleidung vom Leib, kletterte auf den Bug des Schiffes und vollführte einen Kopfsprung ins Wasser. Finn humpelte hinter ihr her und hielt sich an der Reling fest. Zuerst wollte er sie aufhalten. Als er sah, wie sie schwamm, machte sich ein Lächeln auf seinem Gesicht breit. Er wusste, was sie tun wollte. Am liebsten wäre er mitgekommen.

»Geh nur! Ich halte sie auf!«, rief er.

Juna schwamm, so schnell sie konnte. Sie ignorierte die Rufe der Mannschaft und hielt auf die Stelle zu, an der sich Blue und seine Familie normalerweise aufhielten.

»Blue«, rief sie. »Blue, ich bin hier! Wo bist du?«

Juna hielt inne, ließ sich von den Wellen schaukeln und lauschte auf ein Zeichen. Auf dem Schiff wurde ein Schlauchboot zu Wasser gelassen. Mit heulendem Motor fuhr es auf Juna zu. Sie konnte ihre Mutter erkennen, die in Begleitung von zwei Mannschaftsmitgliedern war und ihr aufgeregt zuwinkte. Juna wusste, dass sie nur diese eine Chance hatte. Wenn sie erst in das Boot gestiegen war, würde es zu spät sein.

Blue kam in Begleitung seiner Familie. Die großen Tümmler schwammen neugierig auf das Rettungsschiff zu. Blue selbst blieb bei Juna und streckte ihr seine Schnauze entgegen.

»Mein kleiner Blue.«

Juna streichelte ihn liebevoll. Sie spürte, dass er nervös war. Seine dunklen Delfinaugen waren auf das Boot gerichtet, in dem ihre Mutter und die zwei Crew-Mitglieder saßen.

»Bleib hier, Blue. Du musst keine Angst haben.«

Das Boot drosselte seine Geschwindigkeit und kam langsam näher. Juna konnte die Augen ihrer Mutter sehen, die zwischen Verwunderung und Sorge schwankten.

»Juna, was treibst du denn da? Du kannst nicht einfach ins Wasser springen und verschwinden, Schatz.«

»Ich wollte dir keinen Schreck einjagen, Mama. Aber bevor wir gehen … ich muss dir unbedingt noch jemanden vorstellen«, sagte Juna.

Sie gab Blue ein Zeichen. Er streckte seinen Kopf aus dem Wasser und pfiff. Ihre Mutter und die beiden Crew-Mitglieder machten erstaunte Gesichter.

»Mama, das ist Blue. Er ist mein Freund.«

Zögerlich streckte ihre Mutter die Hand aus, als hätte sie Angst, gebissen zu werden. Blue schien es nicht anders zu ergehen. Er begegnete der Hand der Erwachsenen mit Vorsicht.

»Ihr müsst keine Angst haben«, sagte Juna.

Die Fingerspitzen ihrer Mutter berührten den kleinen Delfin und ein Lächeln huschte über ihr Gesicht.

»Hallo, Blue«, sagte sie. »Du hast also meine Juna gerettet, ja?«

»Er hat uns beide gerettet«, sagte Juna.

Blue tauchte ab und spitzte vorsichtig hinter Junas Rücken hervor. Er war schüchtern. Und er spürte, dass diese Begegnung etwas Besonderes war.

Der Kapitän des Rettungsschiffs betätigte das Horn. Er blies zum Aufbruch.

»Wir müssen los, Juna«, sagte ihre Mutter sanft. »Sag Auf Wiedersehen.«

Jetzt war der Moment gekommen, den Juna gefürchtet hatte. Sie sah Blue in die Augen. Der kleine Delfin hatte auf sie aufgepasst und ihr seine Welt gezeigt. Er war die Seele dieser Insel, ihr kleiner Bruder, ihr Freund. Sie wollte ihn nicht zurücklassen. Aber sie wusste auch, dass er hierhergehörte, so wie sie in ihre Welt.

»Ich muss jetzt gehen, Blue«, sagte sie leise.

Blue schien zu verstehen. Er kam ganz nah heran und ließ es zu, dass sie seinen Kopf in ihre Hände nahm. Sie legte ihre Stirn an seine und schloss die Augen. Sie hätte ihm so viel zu sagen gehabt. Sie brachte nur einige wenige Worte hervor.

»Leb wohl, mein Blue. Und danke für alles. Ich werde dich niemals vergessen.«

Ein letztes Mal streichelte sie ihn über Kopf und Rücken, dann kletterte sie in das Boot ihrer Mutter. Jemand legte ihr ein Handtuch über die Schulter. Ihre Mutter sagte etwas Tröstendes zu ihr. Juna hörte nicht zu. Sie blickte zu Blue, der noch immer an derselben Stelle war und sie mit seinen kleinen, dunklen Delfinaugen ansah. Auch wenn er nicht sprach wie ein Mensch, so konnte er die wichtigen Dinge doch mit seinem Herzen verstehen. Er wusste, dass dies ein Abschied war.

Juna kletterte an Bord der »Neptun«. Das Schlauchboot wurde über eine Seilwinde an Bord gehievt. Das Signalhorn ertönte zum zweiten Mal und die Schiffsschrauben wirbelten das Wasser auf. Langsam drehte das Schiff und fuhr hinaus aufs Meer. Einige der Delfine folgten ihnen ein Stück weit, bis sie kehrtmachten und zurück zu den anderen schwammen.

Juna stand an der Reling. Sie blickte hinaus aufs Meer und zurück zu der kleinen Insel in der Ferne. Ihr größter Wunsch war in Erfüllung gegangen, sie waren endlich gerettet worden und auf dem Weg nach Hause. Trotzdem war ihr Herz schwer.

Finn war vielleicht der Einzige, der wusste, wie sie sich fühlte. Er stellte sich neben sie und legte ihr die Hand auf die Schulter. Schweigend sahen sie ihre Insel am Horizont immer kleiner werden. Bald würden sie wieder zu Hause sein, in ihrem alten Leben. Ein Teil von ihnen aber würde immer hierbleiben, auf dieser kleinen Insel, weit draußen auf dem Meer

Auf dem Baum

Die Welt, in die sie zurückkehrten, war verwirrend laut und voller Menschen. Sie verließen die »Neptun« über eine Landungsbrücke und liefen direkt vor die Kameras von einem Dutzend wartender Reporter. Auch in den erfolgenden Tagen mussten sie Empfänge über sich ergehen lassen, Interviews geben, Selfies mit ihren Freunden machen und immer wieder aufs Neue erzählen, wie sie die lange Zeit auf ihrer Insel überstanden hatten. Irgendwann wusste Juna nicht mehr, wo ihr der Kopf stand. Sie kam nach Hause und beschloss, sich erst einmal in ihrem Zimmer einzusperren und nicht mehr rauszukommen, bis Gras über die ganze Sache gewachsen war. Ihre Mutter akzeptierte ihren Rückzug und ließ sie in Ruhe.

Juna genoss die Stille. Sie begann, ihre Erlebnisse aufzuschreiben und Bilder von ihrer Insel zu malen. Nachts, wenn sie in ihrem viel zu weichen Bett lag, träumte sie von ihren Tauchgängen mit Blue. Sie vermisste ihn so sehr, dass es wehtat.

Am vierten Tag ihrer Heimkehr klopfte ihre Mutter an der Tür.

»Darf ich reinkommen?«

Juna lag auf dem Boden, inmitten von Bleistiftskizzen,

die sie in den letzten Stunden angefertigt hatte. »Ja, klar.«

Ihre Mutter betrat das Zimmer. Ihr Blick fiel auf die Skizzen. Sie nahm eine zur Hand, die Blue zeigte. »Die sind wirklich schön geworden«, sagte sie.

»Danke«, sagte Juna, die eigentlich lieber allein sein wollte.

Ihre Mutter wusste das und lächelte entschuldigend. »Ich will dich nicht stören, Schatz, aber ich habe hier etwas, das dich ganz bestimmt interessieren wird.«

Sie reichte Juna ein Tablet, auf dem eine ausländische Nachrichtenseite zu sehen war. Juna runzelte fragend die Stirn.

»Was soll ich damit?«

Ihre Mutter lächelte vielsagend. »Na los, sieh es dir an.«

Sie startete einen Film. Er zeigte mehrere Männer, die in Handschellen der Polizei übergeben wurden. Juna kannte jeden einzelnen von ihnen. Sie würde ihre Gesichter niemals vergessen. Vor allem nicht das ihres Anführers, eines fettleibigen Mannes mit schütteren Haaren und Doggen-Gesicht: McNally.

Fassungslos sah Juna zu ihrer Mutter. »Woher hast du das?«

»Jemand hat es mir geschickt. Ich soll dich ganz herzlich von ihr grüßen und dir sagen, dass du ihr gezeigt hast, was Mut ist.«

»Pamela, die Meeresbiologin!«, rief Juna. »Ist sie etwa zur Polizei gegangen?«

Ihre Mutter nickte stolz. »Sie sagt, die Kerle werden für eine ganze Weile ins Gefängnis wandern. Und mit etwas Glück wird auch ihr Boss dran glauben müssen. Chipo heißt er, glaube ich.«

Juna strahlte. Das waren wirklich gute Nachrichten! Plötzlich wollte sie wieder hinaus in die Welt und ihre Freunde sehen. Sie hatte eine Idee.

»Mama, was hältst du davon, wenn wir Finn und Sven besuchen?«, fragte sie.

Ihre Mutter machte ein hoffnungsvolles Gesicht. »Meinst du wirklich? Hast du nichts dagegen, wenn wir die beiden in Zukunft öfter sehen?«

»Finn ist jetzt mein großer Bruder«, sagte Juna ganz ernst. »Wir sind eine Familie.«

Tränen schossen in die Augen ihrer Mutter und sie hielt sie fest. »Ja, das sind wir, Juna. Das sind wir.«

Noch am selben Tag packten sie ihre Sachen und fuhren hinaus aufs Land. Es war schön, Finn in die Arme zu schließen. Juna lernte sein Zuhause kennen, ein altes Gehöft inmitten von Blumen und Sträuchern. Eigentlich gar nicht so übel, fand sie. Vielleicht würde sie ja doch noch aufs Land ziehen.

Vor dem Abendessen verabschiedeten sich Juna und Finn und gingen spazieren. Schließlich gab es noch etwas, das sie unbedingt tun mussten.

Finn führte Juna zu seinem Wald, zu dem höchsten Baum der ganzen Gegend. Dort kletterten sie hinauf, bis in die Wipfel. Juna sah die weite Welt vor sich, einen endlosen Himmel und darunter Wiesen, Felder, Dörfer und Wälder. Es war ganz anders als auf ihrer Insel, und doch ebenso schön und schützenswert.

»Nicht übel, was?«, fragte Finn.

Juna lächelte. »Nein, nicht übel.« Ein Gedanke ließ sie nicht los. Sie musste Finn darauf ansprechen. »Du, Finn?«

»Hm?«

»Meinst du, wir werden irgendwann zurückkehren auf unsere Insel?«

Finn schaute hinaus in die Ferne. »Manchmal habe ich das Gefühl, ich bin immer noch dort. Verrückt, was?«

»Nein«, seufzte Juna. »Ich weiß genau, was du meinst.«

Sie saßen auf ihrem Baum, bis die Sonne unterging und Sven die beiden zum Abendessen rief. Sie kehrten nach Hause zurück und wurden von einem köstlichen Duft empfangen. Sven war ein hervorragender Koch und hatte ein ganzes Menü gezaubert. Juna hatte einen Bärenhunger und wusste, wie glücklich sie sich schätzen konnte, dass sie ihn mit einer warmen Mahlzeit stillen konnte.

Zur Feier des Tages öffnete Sven eine Flasche von seinem selbst gemachten Apfelwein, von dem auch Finn und Juna einen kleinen Schluck probieren durften. Als sie am Tisch saßen und die Gläser hoben, musste Juna plötzlich wieder an die Worte ihrer Großmutter denken: »Wenn du genau hinschaust, wirst du sehen, dass manches Unglück bereits den Keim des Guten in sich trägt.«

Sie hatte das stets für Unsinn gehalten. Jetzt saß sie im Kreis der Menschen, die ihre Familie geworden waren, und wusste, dass ihre Großmutter recht gehabt hatte. Was auch immer auf der Insel geschehen war, es hatte sie hierhergeführt. Es gab viel Gutes in der Welt. Manchmal musste man nur lernen, es auch zu sehen.

Dirk Ahner wurde 1973 in Horb am Neckar geboren. Bereits während seines Studiums an der Ludwig-Maximilians-Universität in München begann er zu schreiben. Heute lebt er als erfolgreicher Roman- und Drehbuchautor (Hui Buh – Das Schlossgespenst, Frau Ella, Die Pfefferkörner und der Fluch des Schwarzen Königs, Jim Knopf und Lukas der Lokomotivführer) mit seiner Familie in München.

Jan Andersen

Dusty

Als Paul eines Tages allein unterwegs ist, lauert ihm eine Bande auf. Sie wollen sein Geld, und Paul weiß: Gegen die hat er keine Chance. Doch da taucht plötzlich dieser völlig verwilderte Hund auf – und schlägt die fünf Typen in die Flucht. Von dieser Minute an weicht Dusty dem Jungen nicht mehr von der Seite.

Zwei Freunde, ein starkes Team – und jede Menge spannende Abenteuer!

Dusty – Freunde fürs Leben
Band 1, 208 Seiten,
ISBN 978-3-570-17139-4

Dusty in Gefahr
Band 2, 208 Seiten,
ISBN 978-3-570-17339-8

Dusty – Komm nach Hause!
Band 3, 192 Seiten,
ISBN 978-3-570-17414-2

cbj

www.cbj-verlag.de

10373_3

Carola Wimmer

Hope – Sprung ins Glück

192 Seiten, ISBN 978-3-570-17273-5

Als Leonie sich den Knöchel bricht, bedeutet das nicht nur das Aus für ihre Karriere als Eiskunstläuferin. Sie muss auch das Sportinternat verlassen und zurück in ihre Heimatstadt, wo ihr die neuen Mitschüler einen Neuanfang schwer machen. Der Zufall führt sie auf den benachbarten Pferdehof, wo sie auf Hope trifft. Sie spürt sofort, dass sie und das Pferd eine besondere Verbindung haben, doch die Besitzer verbieten ihr den Umgang mit dem Tier ...

10321

cbj

www.cbj-verlag.de